嗯，煮羹來吃吧！
記得分杯羹給我！

我抓了你爹。
你要怎麼「處置」他呢？

嗯，煮羹來吃吧！
記得分杯羹給我！

我抓了你爹。
你要怎麼「處置」他呢？

詞在有意思2

項羽，分杯羹給我吧！

周姚萍 著

五南圖書出版公司 印行

編輯的話

「詞」在有意思——揭開趣味詞彙的密碼！

生活中，我們經常接觸到許許多多詞彙，會寫、會讀，也懂意思，但是，這些詞彙是怎麼發展來的呢？

其實，這些詞彙在歷史的長河裡，各有一段趣味故事。我們只要沿著歷史長河，像欣賞沿途風光般，去了解、去體悟這些詞彙，解開詞彙的密碼，你一定會驚訝的說：「啊！原來如此。」

在驚呼聲中，隨之而來的是獲得新知的喜悅，那些常見的詞彙，原來這麼有意思！例如：「分杯羹」、「捉刀」、「殺青」、「彌封」、「獵豔」等等。其中，「分杯羹」是有關項羽、劉邦一耍狠一鬥智的故事。血氣方剛的項羽遇上氣定神閒的劉邦，也拿他沒轍兒，只能恨得牙癢癢。

至於「捉刀」一詞，也很令人莞爾。想不到當年「一代梟雄」曹操也愛玩「角色扮演」，雄心萬丈的他，竟然對自己的長相很自卑，找個帥哥來冒充自己，你是不是也很訝異呢？

當我們了解詞彙背後的故事，進而感受到當事人的心緒後，是不是覺得這些詞彙——「詞在有意思」呢？

這本充滿「驚訝」、「趣味」、「原來如此」的課外讀物，除了收錄一百則有意思、有趣味、有生命的詞彙外，還針對詞彙編寫淺顯易懂的故事，並設計「你知道嗎？」單元，視故事增補五八花門的注解；每個詞彙亦有生難字詞解釋、如何活用的例句，以及配合每則詞彙擴充近義、反義單元，是一本結合知識與趣味的好書。當你閱讀後，相信會大大的驚呼：「詞在有意思」！

目錄

趣味典故和詞語目次

心得

心得

爹，您受苦了！

叛將死前的遺言

唐朝時，有一支軍隊在長安叛變❶，並擁立一位新皇帝。新皇帝請張光晟當他的副將。但是，一個國家怎麼能有兩個皇帝呢？於是，朝廷火速派人帶兵討伐新皇帝。

新皇帝也派兵迎戰，卻打了敗仗。張光晟見大勢已去，趁新皇帝逃往西方時，轉而向朝廷投降❷。原本他以為自己這麼做，能減輕叛變的罪刑，最好還能賞個官職。然而，事情沒有他想的那麼好，他不但被軟禁起來，還被下令處死。

張光晟很後悔自己叛變，卻又中途改變心意，結果落得悽慘的下場。因此，他臨死前慨嘆的說：「傳話後人，第一莫做第二莫休。」

你知道嗎？

❶此為唐德宗建中年間的「涇原兵變」，曾迫使皇帝逃往奉天（今陝西乾縣）。朱泚（讀作ㄘˇ）率領叛軍攻入皇宮，自稱大秦皇帝，後又改國號為漢。

❷當時招降張光晟的朝廷將領李晟，因為愛惜他的才華，曾經請求皇帝給予赦免，但不被接受。

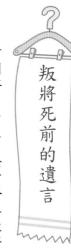

一不做，二不休

一 ㄅㄨˋ ㄗㄨㄛˋ，ㄦˋ ㄅㄨˋ ㄒㄧㄡ

解釋

指既然已經做了，就乾脆做到底，不要中途改變心意。休，停止。

例句

那位駕駛撞倒路人後，竟然一不做，二不休，從受害者的身上輾過去，引起社會公憤。

近義

心一橫、毅然決然

反義

三心二意、心猿意馬

公告

「不休」與「不修」為同音異義。不休，是不停止的意思；不修，指不整理或不修練。至於「一不做，二不休」是負面的詞語，不宜用在正面的事情，例如：「我們決定一不做，二不休的樂捐一百萬元，為社會盡點心力。」這種寫法是錯誤的。

話一出，馬車也追不回

春秋時，衛國有位大夫叫棘子成。一天，棘子成對孔子的學生子貢說：「君子只要內在有良好的本質就夠了，幹麼還要外在美麗的文彩呢？」

子貢說：「您這麼說是不對的。而且，這句話您既然已經說出口，就算用四匹馬拉的車子去追❶，也追不回來。我認為本質和文彩❶同樣重要，以皮草當例子來解釋吧！老虎、豹子的皮和狗、羊的皮，它們的區別在於皮的本身，也就是本質，也在皮上頭的毛色，也就是『文彩』。如果拔去這兩類獸皮上面的毛，那老虎和豹子的皮，不就無法與狗和羊的皮互相區別了嗎？」

子貢認為，人說話要經過仔細思考，話一旦說出口，就收不回來了。

你知道嗎？

❶考古發現，中國在商朝晚期就已經使用馬車，當時馬車主要用於作戰，春秋時「乘」（一車四馬為一乘）也成為衡量國力的標準。大約到漢代，戰車就逐漸被騎兵取代。

❷儒家認為要成為君子，必須「文質彬彬」（既有文采又有內在）。

一言既出，駟馬難追

解釋

一句話從嘴裡說出口，就是四匹馬拉的車子也追不上。比喻話既然說出口，就難以收回。駟，指四匹馬所拉的車子。

例句

一言既出，駟馬難追，我們講話要重承諾，不能信口開河。

近義

一言九鼎、言而有信、言出必行

反義

出爾反爾、言而無信、食言而肥

公告

「一言既出，駟馬難追」與「一言九鼎」、「一言千金」的詞義看起來相似，其實並不同。「一言九鼎」強調某人所說的話很具份量；而「一言千金」則強調所說的話很有價值。另外，駟馬難追的「駟」，留意別寫成數字的「四」。

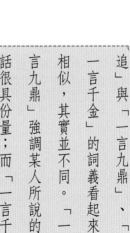

人人都需要的七件事

我們常說「開門七件事」，到底是哪「七件事」呢？宋朝的吳自牧在《孟粱錄》❶這本書裡，描寫了南宋首都杭州的景觀和風土人情，曾提到「八件事」。

書裡寫道：「在街道巷弄、橋梁城門等一些熱鬧的處所，以及偏僻的地方，都有人做生意，賣著柴、米、油、鹽、酒、醬、醋、茶，這些一般百姓每天生活所需要的東西。」

米，指稻米，是宋朝人民主要的糧食；醬，指醬油；至於醋❷和茶，是從宋朝開始成為一般生活用品；油，主要是麻油、荏油、菜油❸，南宋時由於手工業和商業的發展而使油普及了起來。至於酒，算不上生活必需品，到了元代就被剔除，成了「七件事」。

你知道嗎？

❶本書內容包含商業、物產、工藝、雜戲、學校、寺院等，記錄市民的經濟活動和文化生活。

❷宋朝官府設置了「油醋庫」，掌管醋及食用油，以供烹調。

❸這些油除了用來炒菜，也用於點燈。當時，人們也會提煉動物油。

七件事（ㄑㄧ ㄐㄧㄢˋ ㄕˋ）

解釋

七件事，指的是柴、米、油、鹽、醬、醋、茶，是生活中不可或缺的日常用品。

例句

他一向「茶來伸手，飯來張口」，七件事樣樣都得由別人代為操煩。

近義

生活必需品

公告

「七件事」是「開門七件事」的簡稱，主要是與飲食相關的物品。至於近義詞「生活必需品」涵蓋的範圍較大，舉凡日常生活所需要的物品都包括在內。

變成乞丐的將軍子孫

唐朝的大將郭子儀❶的孫子，居住在河東。他繼承豐厚的家產，生活揮霍無度，後來把財物都花光花，只得沿街乞討來到河西莊。他想起自己以前的奶媽就住河西莊，於是向人打聽奶媽的家在哪兒。

天快黑時，他遇到一位農夫，正是奶媽的兒子。奶媽的兒子帶著郭孫到家裡，郭孫看到牛羊成群，忍不住問：「你家那麼有錢，為什麼還要當農夫？」奶媽的兒子說：「家產再多，也會坐吃山空。母親在世時，帶著我們創立家業，才能有現在的好生活。」郭孫聽了很慚愧。

後來郭孫便在奶媽家裡管賬，沒想到他對這方面一竅不通，連主人都忍不住感嘆說：「真是三十年河東榮華富貴，三十年河西寄人籬下❷。」

你知道嗎？

❶中唐名將，曾平定安史之亂，後來又打敗了吐蕃，享有極高的聲譽和威望。

❷關於這句話還有另一種說法：古代黃河經常改道，有時某地方本來在河的東面，而三十年後卻在河的西面。所以比喻世事變化盛衰無常，就說「三十年河東，三十年河西」。

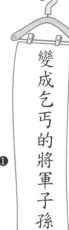

三十年河東，三十年河西

解釋

比喻人世的興衰變化無常。

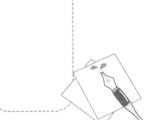

例句

他以前住豪宅、開名車，現在卻每天被債主追著討債，真是三十年河東，三十年河西。

近義

富貴無常、富無三代享、三十年風水輪流轉

公告

關於「三十年河東，三十年河西」這句俗諺，還有其他的說法，例如：「三十年河東，四十年河西」、「十年河東，十年河西」。這句諺語是強調盛衰無常；而「滄海桑田」一詞，是說大海變成農田，農田變成大海。強調世事變化不定。兩者詞義略有不同。

比百萬軍隊還厲害的舌頭

戰國時，有個人叫毛遂，是趙國平原君的家臣❶，不過他在平原君家待了三年，卻從沒受到重視。有一天，趙國受到秦國軍隊的猛攻，情勢危急，毛遂向平原君自我推荐，表示要跟他一起去遊說楚王，請他出兵，幫助趙國抵抗秦國。

平原君一開始很懷疑毛遂的能力，不過後來被毛遂說服❷，便帶著他一塊兒前往。到了楚國，平原君卻說不動楚王。後來，毛遂舉著劍向前，義正辭嚴的向楚王分析情勢，楚王終於被說動了，答應出兵。

事後，平原君大大讚賞毛遂，說：「毛先生一到楚國，就使我們趙國的地位獲得提升，比大鼎、大鐘還要有分量。毛先生的三寸舌頭，比百萬軍力來得強大呢！」從此，平原君很看重毛遂，對他非常禮遇。

你知道嗎？

❶古代卿大夫家的屬吏。

❷據《史記》記載，平原君說：「有能力的人就像放在袋中的錐子會露出尖端，你在我這三年還沒有傳出名聲，可見沒有才能。」毛遂說：「如果您肯把我這根錐子放入袋中，我早就整根穿出來，而不是只有尖端了。」這個故事也是成語「脫穎而出」的由來。

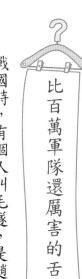

三寸不爛之舌

ㄙㄢ ㄘㄨㄣˋ ㄅㄨˋ ㄌㄢˋ ㄓ ㄕㄜˊ

解釋

形容人的口才很好，具有說服別人的能力。

例句

這位業務員憑著三寸不爛之舌以及良好的服務，一年就賺進幾百萬。

近義

利口、伶牙俐齒、巧舌如簧、能言善道

反義

口訥、口鈍、笨口拙舌、笨嘴拙腮

公告

「三寸不爛之舌」一詞，也可寫成「三寸舌」或「三寸之舌」，都是強調口才一流，屬讚美詞。至於「長舌」是強調愛說長道短，搬弄是非，不是誇人口才一流，會說話，屬貶抑詞。

世界上最美的腳

南唐李後主是個才華洋溢的君王，精於書法、繪畫和詩文。他很注重生活情趣，也喜歡豪華的排場。

聽說，他曾派人蓋了一座舞臺，高達六尺，造型則是一朵金色的蓮花❶。舞臺蓋好後，李後主叫自己的愛妃把腳裹得小小的，站在蓮花舞臺的中央跳舞，並請來王公貴族，和他一起飲酒、欣賞。裹小腳站在蓮花舞臺上跳舞，難度很高，卻更顯得婀娜多姿，所以王公貴族們看了，不禁都讚嘆著說：「啊，真是三寸金蓮哪！」

當他們回去後，就紛紛叫妻妾也照著做，從此，裹小腳❷變成一種評斷女人美不美的標準。女人也會因為自己擁有三寸金蓮，感到很自傲。

你知道嗎？

❶南朝齊東昏侯曾以黃金打造貼地蓮花，令潘妃步行在金蓮上，稱為「步步生蓮華（華，即花）」。

❷這種風氣起於宮廷，約在北宋神宗時廣泛流傳於民間，當時以裹腳為婦女的美德。明太祖朱元璋的皇后馬氏，就是因為沒有裹腳而受到嘲笑。

三寸金蓮

ㄙㄢ ㄘㄨㄣˋ ㄐㄧㄣ ㄌㄧㄢˊ

解釋

本指古時候婦女用布緊緊的纏裹雙足，所形成的小腳，叫「三寸金蓮」。後也指過去女人所穿的繡花鞋。

例句

民俗文物館展示的三寸金蓮繡花鞋，精巧的繡工教人嘆為觀止。

近義

小腳、弓足、金蓮

反義

大足、大腳、大腳婆娘

公告

「三寸金蓮」，是形容婦女的小腳。另有「潘妃金蓮」一詞，指南朝的齊廢帝讓寵妃走在貼著金色蓮花的地面，形容走路姿態婀娜多姿的樣子。

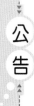

精力旺盛的說客

戰國時，齊國有一位學者官員叫淳于髡，非常有學問，還很會說「隱語」。也就是不直接說明事情的主旨，而透過拐彎抹角的方式，讓當事人知道他的意思。

當時的齊威王很愛整晚喝酒，尋歡做樂，不太管理朝廷的政事。淳于髡藉由說「隱語❶」，讓齊威王振作了起來，還改掉整夜喝酒的壞習慣。

後來，齊威王想要魏王依附齊國，壯大國勢，於是派淳于髡去遊說❷。淳于髡見到魏王，發揮了一流的口才，把那時各個國家的狀況、魏國所面臨的情勢、魏國對外政策的利弊，以及依附齊國的好處，一一說給魏王聽，一連說了三天三夜都不覺得累，終於順利說服了魏王。

你知道嗎？

❶ 指不直接說出本意，而藉別的詞語來暗示的話。當時淳于髡說：「大王的庭院中有隻鳥，三年不飛不鳴，不知為什麼？」齊威王被點醒，說：「此鳥不飛則已，一飛衝天；不鳴則已，一鳴驚人。」於是奮發圖強，國勢大振。

❷ 先秦時有許多「遊士」專門奔走各國，憑口才勸說君主采納他的主張。

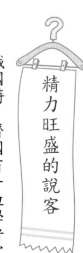

三天三夜說不完

ㄙㄢ ㄊㄧㄢ ㄙㄢ ㄧㄝˋ ㄕㄨㄛ ㄅㄨˋ ㄨㄢˊ

解釋

比喻事情錯綜複雜，需要花很長的時間才能說得清楚。

例句

奶奶說起她童年的點點滴滴，簡直是三天三夜說不完呢！

近義

一言難盡、一言難罄、說來話長

反義

簡明、簡單明瞭

公告

「三天三夜說不完」一詞，偏重事情複雜，一時不容易說清楚；另有一句歇後語「老太婆的裹腳布——又臭又長」，是偏重說話者沒有抓住重點，囉哩囉嗦，長篇大論。兩者詞意並不相同。

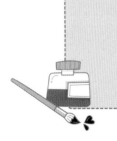

孔子最愛的音樂

孔子，是春秋時的大學問家，他也精通音樂[1]。有一天，他在齊國聽到「韶樂[2]」，也就是一種曾經被當作宮廷大樂的樂舞。這種樂舞傳到齊國後，融入當地的色彩，轉變為不論是貴族或平民都能欣賞，也由衷喜愛。

當孔子欣賞了「韶樂」後，感到身體被樂音所帶來的愉悅感所縈繞，既舒暢，又寧靜。甚至有很長的時間，連嘴巴吃了肉，都感覺不出肉的滋味。

那時候，孔子教導弟子學習，弟子並不是付錢給孔子，而是以「肉乾[3]」作為學費。所以，當孔子有三個月那麼長的時間，連吃肉都吃不出滋味時，可見得「韶樂」是怎樣縈繞著他的心靈啊！

你知道嗎？

❶古代儒家教育有禮、樂、射、御、書、數六種科目。

❷相傳為上古舜帝所作，夏、商、周帝王都把《韶樂》作為國家大典的音樂。

❸即「束脩」。十條紮成一束的肉乾。

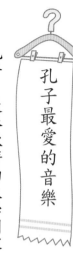

三月不知肉味
ㄙㄢ ㄩㄝˋ ㄅㄨˋ ㄓ ㄖㄡˋ ㄨㄟˋ

解釋

比喻注意力集中於某件事物，以至於有很長的時間，無法分心在其他事物上。

例句

鋼琴大師出神入化的琴音，不斷回盪在我的心中，令人三月不知肉味。

近義

一心無二、全神灌注、專心一意

反義

分心、渙散、散漫

公告

「三月不知肉味」與「食之無味」意思不相同。前者偏重於因為被某件事物吸引，沒有心思去注意其他事物；後者偏重於因為擔憂，心事重重，所以胃口不佳，例如：「他因比賽成績不理想，近日來食之無味。」

說來說去露本行

從前有對兄弟吵著要分家產，卻吵不出結果。於是，他們請來廚師、裁縫、車夫、船夫來調解。可是不管這四個人怎麼說，兄弟倆還是聽不進去。

於是，四個人便在廚師家討論。廚師說：「我看得用快刀斬亂麻。」裁縫說：「我們說話辦事都不能偏頗，要針過得去，線也過得去才行。」車夫說：「前有車，後有轍❶，只要不開到路外頭，就行了。」船夫聽得很不耐煩，說：「我看別囉嗦了，到時候，見風使舵❷，怎麼順手，就怎麼處理。」

廚師的妻子聽了，笑著說：「我看你們都是三句話不離本行❸，賣什麼的吆喝什麼。」她才說完，四個人也大笑起來，原來廚師的妻子是做小生意的。

你知道嗎？

❶讀作ㄔㄜˋ。車輪輾過的痕跡。

❷舵，指船上操作方向的設備。「見風使舵」，比喻見機行事。

❸另有所謂的「行話」，就是同業間使用的術語，外行人很難聽得懂。

三句話不離本行

ㄙㄢ ㄐㄩˋ ㄏㄨㄚˋ ㄅㄨˋ ㄌㄧˊ ㄅㄣˇ ㄏㄤˊ

解釋

形容人說話所使用的語句，都離不開自己從事的職業範圍。

例句

水果攤老闆形容女兒的長相是蘋果臉，說太陽像黃澄澄的橘子……真是三句話不離本行啊！

公告

「行」是多音字，讀作ㄒㄧㄥˊ、ㄒㄧㄥˋ、ㄏㄤˊ。讀作ㄒㄧㄥˊ時，有走路、前往的意思，例如：行駛、寸步難行。讀作ㄒㄧㄥˋ時，有品德、行為的意思，例如：品行、操行。讀作ㄏㄤˊ時，指人或物排列成的一字形，例如：單行、一目成行。

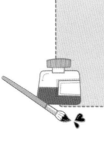

不回家的男人

堯在位時，黃河一帶發生水災，堯派鯀❶去治水，但是，鯀不是用土淹，就是用牆擋，結果，水患愈來愈嚴重，鯀也因此被後來繼位的舜處死。

舜接著派鯀的兒子禹接替這個工作，禹改變父親的作法，挖渠道、疏通河道，把洪水引到大海裡。那時候，禹才新婚，但是他很投入，天天馬不停蹄的四處奔波。

十三年來，他有三次恰巧經過自家門前，其中一次，他的妻子剛生下兒子啟❷，啟在門內哇哇大哭，禹雖然很想進屋裡，抱抱孩子，但是，想到治水工作刻不容緩，最後還是狠下心趕往工作地點。這也就是「三過其門而不入」的典故。

你知道嗎？

❶據說鯀（讀作ㄍㄨㄣˇ）本是天神，他偷了天帝的寶貝「息壤」（會不斷生長的神土），到人間來治水。

❷中國神話故事中，禹工作時為了方便，會變成熊。一次，禹的妻子看見他變的熊，不但嚇跑還變成石頭，在禹的呼喊下，石頭裂開就生了啟。

三過其門而不入

解釋

本指夏禹治水的故事。後形容人忙於工作，沒有空回家。

例句

他每次接到任務，總是全心全力投入，三過其門而不入。

近義

大公無私、公爾忘私、盡忠職守

反義

自私自利、損人利己、渾水摸魚

公告

「三過其門而不入」與「不得其門而入」、「三不歸」意思不相同。「三過其門而不入」強調公務繁忙，從早到晚在外面奔波；「不得其門而入」，偏重於做事情找不到適當的方法和門路；「三不歸」，強調流連忘返，樂不思蜀，或比喻沒著落、沒辦法。

一根鵝毛的情意

唐朝時，傳說回紇使臣緬伯高帶著珍貴的禮物，前往大唐晉見唐太宗。禮品中有一隻美麗的白天鵝。半路上，關在籠子裡的天鵝口渴，緬伯高就放牠出來喝水，沒想到，天鵝一得到自由，就展翅高飛。儘管緬伯高很快追上前，但是他只抓到一根鵝毛。

緬伯高硬著頭皮把鵝毛用錦緞包裹好，並寫了一首詩，獻給唐太宗。詩裡有兩句是：「禮輕情意重，千里送鵝毛。」意思是說「雖然鵝毛比不上白天鵝貴重，但是請念在我走了千里路途，為你送來的這番心意，能饒恕我的過失。」

唐太宗看了詩，感受到緬伯高的誠意，不但沒怪罪他，還回贈他很多珍寶和名產❶。

你知道嗎？

❶戰國時，齊王派淳于髡送黃鵠（讀作ㄏㄨˊ，通稱天鵝）去楚國，半路黃鵠飛走了。淳于髡拜見楚王時說：「我因為放黃鵠喝水，不小心讓牠飛走了。我想自殺賠罪，又怕別人議論大王重鳥輕人。想買另一隻來代替，又欺騙了大王。所以空手前來請罪。」結果楚王不但沒有責罰淳于髡，還賞賜他很多厚禮。

千里送鵝毛

解釋

比喻所送的禮物雖然不貴重，但是含有深厚的情意。

例句

這份禮物微薄，但「千里送鵝毛」，禮輕情意重，請您笑納。

近義

禮薄意重、千里寄鵝毛

公告

「千里送鵝毛」原指「從遠方送來的禮物，雖然不貴重，但是情意深重」。後來泛指用心準備的禮物，即使不貴重，情意卻感人，也就不再限於送禮的地點在遠方。這句俗諺也可以用來作為送禮者的謙詞，表示自己所送的禮物很微薄。

小巫師PK大巫師

戰國的思想家莊子曾說過：「小巫師見大巫師用拔茅草的方式來占卜❶，但是竟然沒辦法用來判斷吉凶。小巫師把茅草扔了，卻不肯向大巫師請教到底問題出在哪兒。這正是小巫師的法力永遠比不上大巫師的原因。」

莊子的意思是說：如果遇到比自己能力強的人，卻不願意向對方學習，自己必然永遠不如人。

三國時，有位文人叫張紘，他和另一位文人陳琳互相賞識。有一次，張紘讀到陳琳的作品，馬上寫信稱讚他文筆優美。陳琳回信說：「因為這裡會寫文章的人很少，所以我的作品才特別受重視。不過一與你和景興、子布比起來，就像小巫師見到大巫師一樣，根本不能相提並論❷。」

你知道嗎？

❶中國古代周易占卜是使用蓍草的莖。西方傳說中，蓍草是惡魔最喜愛的植物，在占卜前喝杯蓍草茶，可以提高預知能力。

❷這段話出自陳琳〈答張紘書〉。景興，指當時魏國的經學家王朗。子布，指吳國史學家張昭。

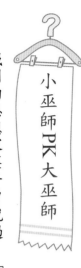

小巫見大巫

ㄒㄧㄠˇ ㄨ ㄐㄧㄢˋ ㄉㄚˋ ㄨ

解釋

比喻雙方的能力相差很多，沒辦法相提並論。

例句

我的廚藝雖然不錯，然而跟她一比，卻是小巫見大巫。

近義

相去懸殊、強弱懸殊

反義

不相上下、各有所長、旗鼓相當

公告

「小巫見大巫」一詞，偏重於雙方的能力相差懸殊，但也常用作謙詞，亦即受到別人稱讚褒揚時，用來表示謙虛、客氣，例如：「您真是過獎了，我的琴藝和專業人士比較起來，是小巫見大巫呀！」

有骨氣的陶淵明

東晉的陶淵明，自幼就在艱困的環境中長大，但他不以貧窮為苦。他一生沒做過大官，也沒有顯赫的功績，但是人格高超，更以詩文傳世。

陶淵明雖然很有才華，卻只做過小官❶，而且時間都不長。他擔任彭澤令的期間，曾有一位督郵❷到當地視察，屬下依照既定的規矩，請陶淵明戴上官帽、束上腰帶，前往城外迎接。但陶淵明知道，這位督郵是把自己的妹妹嫁給郡守做小妾，才謀得官職的，因此很看不起他，更不肯慎重的裝束打扮，前去迎接，像他彎腰行禮。

所以陶淵明乾脆辭掉彭澤令，捨去了五斗米的俸祿。這就是「不為五斗米折腰」的故事。

你知道嗎？

❶陶淵明曾任州祭酒，不久就辭職。又被征召作主簿，但是沒有就任。後來擔任鎮軍參軍、建威參軍的職位。

❷官名。始置於西漢中期，為郡守屬吏，每郡分若干部，每部設一督郵。負責督察鄉縣、傳達政令、檢核非法等。魏、晉起地位似不如前代。隋代廢除。

不為五斗米折腰

ㄅㄨˋ ㄨㄟˋ ㄨˇ ㄉㄡˇ ㄇㄧˇ ㄓㄜˊ ㄧㄠ

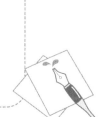

解釋

不願意為區區的薪水，卑躬屈膝的逢迎、諂媚在上位者。後比喻品格清高、淡泊名利。五斗米，比喻微薄的俸祿。

例句

他因不肯幫公司作誇大宣傳，所以效法古人「不為五斗米折腰」，辭職了。

近義

不屈不撓、堅貞不屈

反義

卑躬屈膝、奴顏媚骨

公告

「不為五斗米折腰」的「折」為多音字，讀作ㄓㄜˊ、ㄓㄜ、ㄕㄜˊ。唸ㄓㄜˊ時，有弄斷、挫敗、改變方向等意思，例如：骨折、折射、折斷、百折不撓。唸ㄓㄜ時，有翻轉的意思，例如：折騰、折跟頭。唸ㄕㄜˊ時，有虧損的意思，例如：折本、折耗。

蘇秦的數學能力不靈光

戰國時，強盛的秦國對他國造成很大的威脅。有位很會說話的說客叫蘇秦，他提倡聯合其他的國家來對抗秦國❶。

有一天，蘇秦到了齊國，拜見齊宣王，想說服齊宣王接受他的建議。然而，齊宣王卻說自己的國家兵力根本不足。蘇秦聽了齊宣王的話，說：「單是齊國的首都臨淄就有七萬戶居民，每一戶有三位男子加入軍隊；七萬乘以三，就有二十一萬士兵了，用這樣的兵力抗秦已經足夠❷。」

然而，蘇秦的數學能力不靈光，他的算法並不切實際，因為一般人家總有老、小、婦女，也免不了有傷病殘廢的。有的人家更可能只有女孩，沒有男丁。所以，後來人們就用「不管三七二十一」形容不顧一切去做。

你知道嗎？

❶蘇秦曾經以大一統策略遊說秦國，沒有成功，後來轉而遊說六國對抗秦國，稱「合縱」政策。

❷蘇秦還提出其他理由，說齊國四面有山河護衛，又不與秦國為鄰，且人民生活富庶等等，根本不必怕秦國，最後終於說動了齊宣王。

不管三七二十一

ㄅㄨˋ ㄍㄨㄢˇ ㄙㄢ ㄑㄧ ㄦˋ ㄕˊ ㄧ

解釋

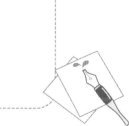

形容不考量後果，不顧一切的行動。

例句

他不管三七二十一，把所有看不順眼的東西全扔了。

近義

莽撞、是非不分、不分青紅皂白

公告

「不管三七二十一」和「管他三七二十一」，都含有做事莽撞，不細思量的意味，屬負面詞語，常用來形容不妥的行為，例如：「他在財迷心竅之下，不管三七二十一，掏空公司的財務，遠走他國。」

別笑逃一百步的人

戰國時的梁惠王喜歡出兵打仗，擴展疆土[1]。有一天，他請教孟子：「我為國家盡心盡力，哪裡有飢荒，就趕緊去救災。奇怪的是，鄰國的百姓並沒因此想遷到我的土地上，我的百姓也並沒因此增加。這是什麼道理？」

孟子回答：「大王喜歡作戰，那我就用打仗來比喻吧！戰場上雙方交戰，戰敗的一方丟掉盔甲，拖著刀槍逃命。其中有人逃了五十步，有人逃了一百步。如果前者譏笑後者貪生怕死。大王認為說得通嗎？」梁惠王說：「說不通，逃五十步的也是逃跑啊！」

孟子用比喻的方式來勸說梁惠王，如果他一味的發動戰爭，不管人民死活，又怎能冀望鄰國百姓歸附他呢[2]？

你知道嗎？

[1] 梁惠王在位期間曾任用龐涓，使軍力大增，但在後期被齊國孫臏的軍隊打敗，國力就開始衰弱了。

[2] 孟子認為，如果能贏得百姓的心，才能得天下。而人民會自動歸附不嗜殺、有仁德的君王，就像水往低處流一樣。

五十步笑百步

解釋

自己和別人有一樣的缺點，或犯一樣的錯誤，只是程度比較輕，竟然還譏笑別人。

例句

她喜歡東家長西家短，卻批評人長舌，真是五十步笑百步。

近義

半斤八兩、相差無幾、龜笑鱉無尾（臺灣俗諺）

反義

各有千秋、各有所長、天壤之別

公告

「五十步笑百步」這句俗語帶有貶義，通常用來批評別人，與「各有千秋」、「不分軒輕」的詞義並不相同。後兩者是讚美語，例如：「姊妹倆，一個善長繪畫，一個善長彈琴，各有千秋。」其中，「各有千秋」就不宜改為「五十步笑百步」。

項羽，分杯羹給我吧！

秦朝末年，項羽和劉邦彼此爭奪天下。有一次，項羽抓到劉邦的父親，本來占優勢，然而，劉邦的部下彭越好幾次成功的圍攻項羽的軍隊，讓他們得不到補給，也沒辦法突圍。

當項羽的軍糧快吃光時，項羽想出一個辦法，將劉邦的父親裝在一個裝祭品的禮器中，讓劉邦的軍隊可以看得一清二楚，然後威脅劉邦趕快下令撤兵，否則就要把劉邦的父親煮成肉羹吃❶。

沒想到，劉邦一點也不焦急或擔心，反而說：「我和你都是楚懷王的臣子，他交代我們要當兄弟❷。既然我們是兄弟，那我的父親就是你的父親。如果你一定要把父親煮成肉羹，那就分我一杯羹吧！」

你知道嗎？

❶後來項伯勸說項羽，表示殺了劉邦的父親一點好處也沒有，反而會惹麻煩，想得天下應該顧全大局。

❷項羽和劉邦之間的情誼，是基於集合力量共同對抗秦國的政治目的，並不像「桃園三結義」中劉備、關羽、張飛是意氣相投，同生共死。

分杯羹（ㄈㄣ ㄅㄟ ㄍㄥ）

解釋

比喻分享他人的利益。羹，用肉類、蔬菜等食材芶芡煮成的濃湯。

例句

我們要靠自己的本事賺錢，不能看別人獲利，就想分杯羹。

近義

利益均霑

反義

獨享權益

公告

分杯羹的「羹」，是比喻平白從別人那兒得到利益，而分得利益的人通常帶著投機的心理。相反的，如果是兩人合作，與對方一起努力而獲取利益，就不適合用「分杯羹」這個詞語了。

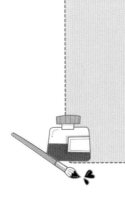

水滸傳裡的「超人」

中國古典文學作品《水滸傳》裡，有位鼎鼎有名的人物叫宋江❶。他在書中被塑造成濟困扶危的角色，別人有困難時，他一定給予協助。

如果有人請他周濟金錢或物品，他從不推託；江湖上的各方人士跑來投靠他，他一概收留；有人生病了，沒錢看醫生、買藥，他就送給對方藥物；有人過世了，家屬沒能力辦後事，他則送上棺材……後來，受到宋江幫助的人非常多，他的名聲遠播，在山東、河北一帶，沒有人不知道這號人物。

大家因為宋江總是在旁人急迫窘困時，很快的伸出援手，就像乾旱期間降下大雨，解決了無水之苦，便稱呼他為「及時雨❷」。

你知道嗎？

❶其實，歷史上確實有宋江這個人，是宋徽宗宣和年間人民叛變的首領，在山東一帶橫行，並非濟弱扶傾的人。

❷在《水滸傳》中，宋江的綽號很多。因為他皮膚黝黑，大家都開玩笑的叫他「黑宋江」；又因為仗義疏財，且以孝順聞名，所以又叫「孝義黑三郎」（宋江排行第三）。

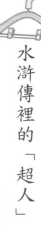

及時雨 ㄐㄧˊ ㄕˊ ㄩˇ

解釋

1. 乾旱缺水時，趕上人們需要所下的雨。
2. 比喻在他人有急難時，能及時給予救助的人。

例句

1. 乾旱時，人們渴望下一場及時雨。
2. 他總是在別人遭遇急難時，迅速伸出援手，所以人人稱他為「及時雨」。

近義

2. 抒難、紓難、解危、濟困扶危

反義

2. 雪上加霜、乘人之危

公告

及時雨的「及時」，是「恰巧趕上需要」、「正好趕上時機」的意思，不是「很急」的意思，留意別寫成「急時雨」。「及時雨」除了可以指人以外，也可以指事物，例如：「這些救難物資，對受困的居民來說，真是一場及時雨。」

看我排第一

南朝的梁武帝常出外征戰，所以特別希望自己的子弟，能在太平時多讀點書。

於是，他命令文學侍從殷鐵石，從晉代大書法家王羲之的手蹟中拓❶下一千個各不相干的字，一字一字教給皇室子弟。不過，這些字沒有系統，不好教也很難記住。梁武帝想，如果能將這一千字編撰成一篇文章，那就太棒了。於是，他召來最信賴的文學侍從周興嗣，請他將那一千字編撰成一篇通俗易懂的啟蒙讀物。周興嗣不負所託，以每四字一句的格式，編出《千字文❷》。

由於「天」是《千字文》第一句「天地玄黃」的第一個字，人們就把「天字第一號」用來指第一或第一類的第一號。

你知道嗎？

❶拓碑的方法是：先把一張堅韌的薄紙浸溼，敷在石碑上面，再用刷子輕敲使紙陷入字的凹洞中，等紙乾了以後，用刷子蘸墨均勻的拍刷，最後把紙揭下來，就完成了黑底白字的拓片。

❷《千字文》與《百家姓》、《三字經》並稱為三大國學啟蒙讀物。

天字第一號

ㄊㄧㄢ ㄗˋ ㄉㄧˋ ㄧ ㄏㄠˋ

解釋

指第一、最高的或最重大的。

例句

他是老闆眼中天字第一號的大紅人。

近義

天字號、出類拔萃

反義

吊車尾、敬陪末座

公告

「一」字單用或在一詞一句末尾唸陰平，例如：七十一、不管三七二十一。在去聲字前唸陽平，例如：一半、一旦。在陰平、陽平、上聲字前唸去聲，例如：一天、一點、一等。

「太歲」大解密

古人認為一望無際的星空是眾神的住處，每顆星都是一位星辰之神。祂們為大地萬物的主宰，其中專門賜予福氣好運的福星，負責加官晉爵的祿星，保佑人們長生不老的壽星，是人們最看重的三位星官。

而福星又稱歲星❶。傳說中，歲星並不是一直在天上。白天，祂居住在地上的行宮，到了晚上才騰空而起，開始巡行。

歲星的行宮所處的方位，會因年度和月份不同而產生變化。人們在破土蓋房子前，怕破壞了歲星的行宮，所以會請教風水先生，問清楚歲星所處的方位，免得「太歲頭上動土」，衝撞了太歲，惹來災禍❷。

你知道嗎？

❶即木星。古人觀察到祂繞行一周為十二年，與地支相合，可用來紀年，故稱「歲星」。

❷即「犯太歲」。是指人的本命生肖與流年太歲相同，傳說會影響健康，百事不順，必須「安太歲」（在家中或寺廟擺設太歲神位，供奉一年）以保平安。

太歲頭上動土

解釋

根據以前的傳說，太歲所在的方位為凶方，不適合動土興建房舍。後比喻觸犯有權有勢者或凶神惡煞。

例句

這幾個人據說背後有惡勢力撐腰，所以大家都不敢在太歲頭上動土。

近義

天不怕地不怕、明知山有虎，偏向虎山行

反義

欺善怕惡、欺軟怕硬、拿軟的做鼻子頭

公告

「太歲頭上動土」是指觸犯了擁有權勢或凶惡的人；另有「撞太歲」一詞，意思為吉凶難料，比喻僅能碰運氣；而「撞鐘太歲」是指招搖撞騙的人。以上三詞雖都出現「太歲」二字，但是詞義完全不同。

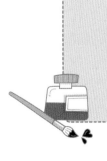

不能搶廚師飯碗

上古的許由品格清高，莊子在〈逍遙遊〉當中十分推崇他。

據說，堯晚年時想把王位讓給許由，他卻不肯接受❶，說：「你已經將天下治理得那麼良善，我難道會為了外在的虛名來取代你嗎？小鳥在林中築巢，所占據的不過是一根樹枝；偃鼠到河邊喝水，所喝的不過足以喝飽肚子的分量。你回去休息吧！我要這麼大的天下做什麼呢？即使廚師不下廚，負責主祭的人也不能因此越過禮器，代替廚師去烹煮食物啊！」

後來「越俎代庖」這個成語，就從許由所說的「庖人雖不治庖，尸祝❷不越樽俎❸而代之矣」這句話演變而來，後簡化為「代庖」一詞。

你知道嗎？

❶傳說許由躲到箕山之下，後人便以「箕山之志」指隱居的高尚志節。堯又請許由做九州長官，他竟跑到潁水邊洗耳朵，不想被名祿之言汙染，這也是典故「洗耳」的由來。

❷祭祀時主讀祝文的人，也叫主祭人。尸，古時祭禮中代替死者受祭的人。

❸樽俎，讀作ㄗㄨㄣ ㄗㄨˇ，古代盛酒食的器皿。

代庖 ㄉㄞˋ ㄆㄠˊ

解釋

1. 掌管祭祀的人放下祭器代替廚師下廚。後比喻越權代人做事。庖，廚師。
2. 代辦、代勞的意思。

例句

1. 人不在其位，不謀其政，這件事我不能代庖。
2. 這件事所幸有他代庖，否則我還真兼顧不了呢！

近義

1. 尸祝代庖、越俎代庖

公告

「代庖」是由「越俎代庖」、「尸祝代庖」簡化而來的，本指逾越職權幫人做事，後來意涵愈來愈廣泛，舉凡幫人代勞、代辦事情，也可以說是「代庖」。「庖」，讀作ㄆㄠˊ，广部，字形結構屬半包圍，其字義除了廚師外，也指煮飯炒菜的地方，即廚房。

李白逃學記

唐朝有名的大詩人李白，小時候常翹課跑到街上閒逛。一天，李白逛到城外，看到有位老婆婆在溪邊磨著一根棍子般粗的鐵杵❶。他好奇的問：「老婆婆，您在做什麼？」老婆婆回答：「我要把這根鐵杵磨成繡花❷針。」

李白睜大雙眼，驚訝的問：「是縫衣服用的繡花針嗎？」老婆婆回答：「沒錯。」並反問李白，說：「滴水可以穿石，愚公可以移山，鐵杵為什麼不能磨成繡花針呢？」她還說，儘管自己年紀大了，但只要下的功夫比別人深，沒有做不到的事。

李白聽了老婆婆的話，感到很慚愧。回去後，再也不逃學了，每天努力學習，勤讀詩書，終於成了名垂千古的詩仙。

你知道嗎？

❶傳說當年老婆婆磨鐵杵的地方，在四川眉州象耳山下，那條小溪後來被叫做「磨針溪」，溪邊有塊「武氏岩」（據說老婆婆姓武）。

❷中國人在三千多年前便懂得繡花，今日出土文物中最早的繡品，約成於戰國時期。

只要功夫深，鐵杵磨成針

解釋

比喻只要持之以恒，不管什麼事都能成功。鐵杵，鐵棒子。

例句

他相信「只要功夫深，鐵杵磨成針」，因此持之以恆的努力，終於有所成就。

近義

滴水穿石、愚公移山、鐵杵磨成針、有志者事竟成

反義

一曝十寒、三天捕魚兩天晒網

公告

「只要功夫深，鐵杵磨成針」一詞，其中的「功夫」，指用功的程度，與「工夫」相通，也可以寫成「只要工夫深，鐵杵磨成針」。另外，鐵杵的「杵」，右邊是「午」，不是「干」。

記取教訓打勝仗

王莽篡奪了西漢，建立新朝，後來，漢朝的後裔劉秀被擁立為天子，從王莽手中又奪回統治權，但當時仍有赤眉軍❶的反叛勢力存在，所以，劉秀派馮異去攻打赤眉軍。

一開始，馮異的軍隊在回谿這個地方被赤眉軍打得落花流水。不過馮異記取教訓，採取了新戰略。當他的軍隊又和赤眉軍在澠池對打，馮異的軍隊假裝敗退，引赤眉軍追上前，然後馮異一聲令下，早已埋伏好的軍隊就展開猛烈攻擊，殺得赤眉軍措手不及。

馮異戰勝後，劉秀得到消息，立刻寫了一封詔書❷表示慰勞，說馮異雖然先前失敗了，現在卻勝利了，可以說是「失之東隅，收之桑榆」。

你知道嗎？

❶新莽末年由樊崇帶領的農民起義軍，轉戰於山東、江蘇一帶。他們為了便於區分敵我，就把眉毛染成紅色，所以叫「赤眉軍」。

❷周朝時，「詔」字並不限君王使用，自秦始王統一天下，號稱皇帝後，詔書才成為皇帝專用，通告天下臣民的文書。

失之東隅，收之桑榆

（ㄕ ㄓ ㄉㄨㄥ ㄩˊ，ㄕㄡ ㄓ ㄙㄤ ㄩˊ）

解釋

比喻雖然先在某方面有所損失，卻在其他方面有所成就。東隅，太陽升起的地方，指早晨。桑榆，落日照射的地方，指晚上。

例句

我們在短跑賽落敗，卻在躲避球賽得第一，算是失之東隅，收之桑榆。

近義

有得有失

反義

全軍覆沒、落花流水

公告

「失之東隅，收之桑榆」，含有讚許的意味，僅適合用來指正面的事情，不合於規範、法律者，就不能引用這句話，例如：「他炒地皮雖沒有獲利，但在賭場上小贏一點，也算是失之東隅，收之桑榆。」應改成：「他炒地皮雖沒有獲利，但是賭場上小贏一點，這印證了投機是不可靠的。」

打風打雨，撈油水

五代時，有個人叫李敬，他是夏侯譙公家裡的僕人。他的主人譙公，每次考試都名落孫山，所以生活並不順遂。而李敬服侍譙公，當然也得不到什麼豐厚的報償或賞賜，日子過得苦哈哈。

於是，有人勸李敬說，乾脆辭了譙公家的職務，另外到北方找個當官的人家工作算了。因為聽說北方的官員在當地「打風打雨」，也就是到處都有油水❶可撈、可榨，日子非常舒適，隨便找個主人服侍，都可以跟著吃香喝辣，不必再過窮酸日子了。

當時用來形容向他人索取錢財，填飽口袋的「打風打雨」一詞，後來經過演變，成了「打抽豐」、「打抽風」、「打秋風❷」。

你知道嗎？

❶「油水」一詞本指菜肴中所含的脂肪質，後來多拿來比喻額外的好處、不正當的收入。

❷據說「打秋風」本作「打抽豐」，就是看人家財物豐收，很眼紅，便起了歪念，想從中撈點好處。

打秋風（ㄉㄚˇ ㄑㄧㄡ ㄈㄥ）

解釋

比喻向有油水的人抽取利益，或向人索取財物。

例句

這個人喜歡四處打秋風，大家避之唯恐不及。

近義

揩油、撈油水、撇油兒

公告

「打秋風」，是指藉故向財物豐厚者撈油水，所以對方如果苦哈哈的，就不適合用「打秋風」。另外，「秋風」一詞，除了指秋天的風，也可以比喻利用某種藉口向他人謀取錢財，例如：「秋風之客」，就是指假借名義向人榨財的人。

問問問！一路問到底

古時候，常用砂土燒製而成的砂鍋❶來熬煮中藥，然而，砂鍋的質地很薄又很脆，只要稍微敲打，出現了裂縫，往往就會一直裂到底。而在山西、陝西一代的方言，有個「璺」（ㄨㄣˋ）字，就是用來形容器物破裂，卻還不至於破碎的狀態。

至於砂鍋「一路璺到底」的情形，就跟人們對於一個話題窮追猛打，企圖弄個清楚，問出個所以然的狀況，十分類似。所以，後來人們就用「打破砂鍋璺到底」，來形容針對一件事情刨根問底❷。

隨著時間演進，較為難懂、難寫的山西及陝西方言「璺」字，也改成大家都熟悉的「問」。

你知道嗎？

❶砂鍋是以砂質黏土（含石英、長石等）經過高溫燒製而成，具有通氣性，傳熱均勻，容易保溫，所以適合燉煮食材或熬湯。

❷追究底細，探查根由的意思。「底」也作「柢」，原指樹根，引申為基礎、根本。也說刨根究底、追根究底。

打破砂鍋問到底

解釋

比喻將事情弄個水落石出。

例句

這是我的私事，請你不要打破砂鍋問到底。

近義

刨根問底、追根究底

反義

半途自畫、半途而罷、半途而廢

公告

「打破砂鍋問到底」一詞，其中的「砂鍋」，是指用砂土燒製的鍋，是「石」字邊，不是「水」字邊。「問到底」一詞，本來寫成「璺到底」，但是，現在多用「問」，少用「璺」。

看到羹湯就出局

唐代的宣城❶，有位名妓❷叫史鳳，仰慕她的客人非常多。

史鳳把客人分成三等：第一等要有錢有學問，這等客人可以受到貴賓級的招待，住在叫「迷香洞」的上等接待處所，睡最豪華舒適的「神雞枕」，點最精緻美麗的「鎖蓮燈」；第二等要有錢，這等客人可以蓋「鮫紅被」，睡「傳香枕」，喝「八分羊」羹湯。

至於沒錢也沒才學的，是最下等的，連史鳳的面都見不到，只會由侍女端上一碗羹湯，讓他吃了以後走人。時間久了，史鳳區別客人等級的方式，大家都心知肚明，沒錢沒學問的客人，一看到羹湯，就知道得摸摸鼻子走人，別再白費力氣了。

你知道嗎？

❶宣城位於安徽南部，為江南名邑。風景秀麗，物產豐富，經濟繁榮，人文薈萃，在唐代時達到文化的高峰，享有後世「自古詩人地」的讚譽。

❷「妓」原本「伎」而來，是指表演歌舞或雜技的藝人，不一定出賣肉體。

吃閉門羹

ㄔ ㄅㄧˋ ㄇㄣˊ ㄍㄥ

解釋

指被摒除在門外，被對方拒絕。羹，用肉類、蔬菜等芶芡煮成的濃湯。

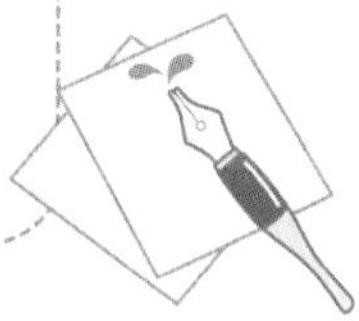

例句

跑業務時，難免吃閉門羹，但是不要氣餒。

近義

擋駕、驅逐

反義

迎接、歡迎

公告

「吃閉門羹」一詞，據說是名妓史鳳接待客人設定的標準。經演變後，不再限於排斥前來光顧的客人，而引申為拒絕見面的意思。只要被拒見面，就叫「吃閉門羹」；拒絕見對方，則說「給他閉門羹吃」。

窩在這裡最快樂

中國洛陽橋南的洛龍區安樂村，是宋代著名理學家邵雍的故居。邵雍在當時被稱為「康節先生」。他上知天文，下知地理，通曉陰陽八卦，著有《梅花易數》❶。根據這本書的理論，世間的萬事萬物都可以預測的。也因為如此，人們稱邵雍為「神人」。

邵雍在三十歲左右，移居到洛陽。他的好朋友司馬光等一批人，為他籌措了一筆足夠的資金，把原本是五代節度使❷安審琦的故居買下來。邵雍住進去後，把居所取名為「安樂窩」，自號「安樂居士」。

後來，人們就用「安樂窩」來比喻安穩快樂的棲身地方。

你知道嗎？

❶據說邵雍在賞梅時，看見麻雀在梅枝上吱吱喳喳，以易理推算後，預測隔天會有人來攀折梅花，將被園丁追逐，此預言果然應驗，時人便將這種占卜法取名為「梅花易數」。

❷「節度使」一職設立於唐代，負責掌管地方軍民要政。受職時，朝廷會賜以旌節，所以叫節度使。

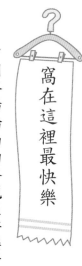

安樂窩（ㄢ ㄌㄜˋ ㄨㄛ）

解釋

安適快樂的居所。

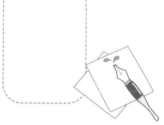

例句

他的家雖然沒有豪華的裝潢、擺設，但是陽光充足、花草扶疏，是個住起來很舒適的安樂窩。

近義

安樂鄉

反義

活地獄、人間煉獄

公告

「安樂窩」與「溫柔鄉」、「世外桃源」意思不一樣。前者偏重於居住的寓所很舒適，住起來感到身心暢快。「溫柔鄉」是比喻有美人、美酒的地方，屬負面詞語，例如：「男子漢應振作奮發，怎能沉浸在溫柔鄉？」至於「世外桃源」是比喻清靜美好的地方，或嚮往的和平世界。

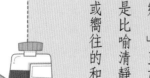

魯班也看走眼了

春秋時，有位很有名的木匠叫魯班，他所收的徒弟當中，如果有人表現不佳，就會被淘汰。

有個叫泰山[1]的年輕人投身於魯班的門下，不過，他不僅看上去一副呆呆的模樣，手藝也滿遜的，做不出什麼好成品。

「我看泰山不是當木匠的料，收他當徒弟，我也沒面子。」魯班想了想，就辭退了泰山。

過了幾年，有一天，魯班在路上閒逛，看到雜貨攤上擺設了許多精巧的竹器。魯班很想認識這位竹藝高手，因此向人打聽。人們表示那些竹器是魯班大師的徒弟泰山做出來的。魯班聽了大吃一驚，忍不住感嘆自己是「有眼不識泰山」。

你知道嗎？

[1]「泰山」一詞也是山名，是古代帝王祭天的重要場所，後來比喻重大的、有價值的事物，例如：「死有重於泰山」。而泰山是五嶽之首，所以有聲望、為人景仰的人也被稱為「泰山」或「泰斗」。

有眼不識泰山（ㄧㄡˇ ㄧㄢˇ ㄅㄨˋ ㄕˋ ㄊㄞˋ ㄕㄢ）

解釋

比喻不知以禮相待、珍惜敬重。或比喻認不出有權有勢的人。識，辨識。

例句

你真是有眼不識泰山，把董事長當成了工友。

近義

有眼如盲、有眼無珠、有眼不識荊山玉

反義

有眼力、有眼光

公告

「有眼不識泰山」一詞，可當自嘲用，例如：「我一時沒認出大師，真是有眼不識泰山。」「泰山」是喻指有份量、有地位的人，對於不肖之徒就不宜用這句俗諺，例如：「歹徒搶了皮包就跑，我有眼不識泰山，沒看清楚他的長相。」這樣的用法是錯誤的，應刪除「有眼不識泰山」這句。

自作聰明的張三和王二

很久很久以前，有個叫張三的人，他的腦筋不太靈光，卻愛自作聰明。張三存了三百兩的銀子❶，很擔心這麼一大筆財富，會被偷走，所以絞盡腦汁，想出一個辦法：他找來一口大大的木箱，將三百兩銀子放進箱子裡，再把箱子埋進自家屋後的地下。

但是，埋好後，張三還是不放心，於是在一張紙上寫了「此地無銀三百兩」幾個大字，張貼在埋銀子所在地的牆角。張三認為有了這麼「周全」的防護，因此睡得十分安穩。

結果，當天晚上，銀子被隔壁的王二給偷了。王二很擔心張三知道事情是他幹的，所以也在牆角留下字條，上面寫著「隔壁王二不曾偷。」

你知道嗎？

❶古代銀子以「兩」為單位，故稱「銀兩」，在明清時為流通貨幣，但一般百姓還是使用銅錢。據考究，《明史》中提到七品知縣一年的俸祿是四十五兩白銀，而普通百姓只要一兩半銀子就夠一年生活所需，所以三百兩是非常大的數目。

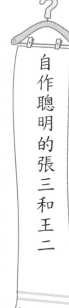

此地無銀三百兩

ㄘˇ ㄉㄧˋ ㄨˊ ㄧㄣˊ ㄙㄢ ㄅㄞˇ ㄌㄧㄤˇ

解釋

比喻極力想掩飾事實，卻反而暴露了真相。

例句

大家並沒有懷疑他，奇怪的是，他卻急著辯解，難免給人「此地無銀三百兩」的想法。

近義

不打自招、欲蓋彌彰

公告

「此地無銀三百兩」一詞，強調極力想掩蓋，卻因為自作聰明，反而洩漏了真相。至於「不打自招」，是無意間或主動把所犯的錯誤透露出來，並沒有極力掩蓋的想法、動作，例如：「沒人問他花瓶是誰打破的，他就不打自招了。」

竹子出汗的祕密

很久很久以前，是沒有紙張的，歷史上發生的重要事件，都記載在竹簡❶上。

不過，青綠色的竹子表面很光滑，字寫上去❷，不容易保存下來，所以製作竹簡時，要經過一道特別的程序：首先砍下竹子，削成竹板，然後用火把竹板裡的水分全部烤乾，這樣就能使文字書寫在上頭，永遠保持清晰。另外，火烤後即使經過很長的時間，竹簡仍然可以保持乾燥，不容易腐爛或長蠹蟲。

烤乾竹片的過程，叫做「汗」，加上這過程中，青色的竹皮會冒出水分，與人類出汗很相像，因此，人們就把史書稱為「汗青」。

你知道嗎？

❶另有一種削製成狹長形，用來書寫的木片，稱為劄或牘。

❷竹簡上的字是用毛筆寫的。毛筆的起源，約可追溯到新石器時代，在戰國時已經被廣泛使用。所謂「蒙恬造筆」，應該是對這種書寫工具的改良。

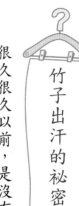

汗青（ㄏㄢˋ ㄑㄧㄥ）

解釋

指書冊、史書。

例句

聖賢說：「人生自古誰無死，留取丹心照汗青」，唯有美名才能流傳千古，惡名將遺臭萬年。

近義

史乘、史書、史籍

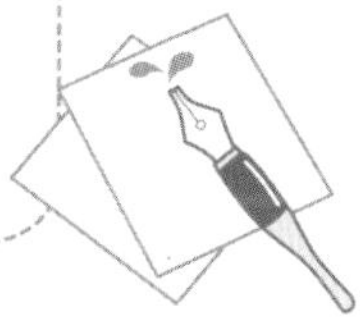

公告

「汗青」與「殺青」的意思不同，前者專指史籍書冊；後者泛指書籍、著作，或電影、電視劇完成所有作業，或指製作綠茶時，將嫩葉加溫，避免茶葉發酵的步驟。至於「鐵青」一詞，是形容人非常生氣，板著臉，隨著要發飆罵人的樣子，例如：「雙方談判時，彼此都鐵青著臉，氣氛很僵。」

馬兒流汗有功勞

古時候打仗，戰士都是騎乘馬匹奔騁在沙場上。衝鋒陷陣的過程中，馬匹不斷奔跑，會流出汗水。當戰鬥的次數愈多，戰況愈激烈，馬匹自然大量出汗。因此，人們就用「汗馬❶」來比喻作戰的勞苦和戰功卓著。

春秋時，晉國的重耳曾經流亡在外，時間長達十九年。當他結束流亡生涯，回到晉國，當上國君（即晉文公），並且在各個諸侯之間，建立很高的威信。他剛主掌政權時，曾對那些跟隨他流亡的隨從，分別論功行賞❷。

晉文公為此立下好幾項標準，其中一項就是：親自馳騁戰場，參與作戰，立下汗馬功勞的，便可受到獎賞。

你知道嗎？

❶漢朝時西域有一種「汗血馬」，因為它前脖部位流出的汗呈紅色，所以有這樣的說法。

❷晉文公曾說明他行賞的標準：能夠以德義之道引導他的，受上賞；能輔佐他行事成功的，受次賞；有戰功的，受三賞；只是以勞力服侍的，則又次賞。

汗馬 ㄏㄢˋ ㄇㄚˇ

解釋

原指奔馳沙場而大量出汗的優秀戰馬。後比喻人戰功卓著。

例句

祖父曾在捍衛國家的戰役中，立下汗馬功勞。

近義

汗馬功績、汗馬勛勞

反義

頻頻失利、節節失利、著著失敗

公告

「汗馬」一詞，後來不限指戰功，也可形容工作上有傑出成績，例如：「他東奔西跑，拉了許多客戶，業績亮眼，為公司立下汗馬功勞。」另外，「馯馬」是「汗馬」的同音異義詞，意思為性情凶猛，難以馴服的馬。

至於「汗顏」一詞，是形容人因感到羞愧，不自覺頻頻出汗。

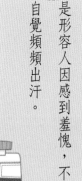

結結巴巴的大臣

三國時晉國的將軍鄧艾，非常善長帶兵打仗，但是他患有口吃[1]。當他有事要稟報晉文帝司馬昭，言詞中一提到自己，就「艾艾艾……」的，無法順暢的說出口。

有一次，晉文帝忍不住，笑著說：「你老是艾艾艾的，到底有幾個艾呀？」因此，人們就用「艾艾」來指口吃了。

另外，西漢有一位大臣周昌，也同樣有口吃的毛病。當時，漢高祖想廢掉[1]太子，周昌覺得這萬萬不可行。當他勸說漢高祖時，說到「臣期期知其不可」（我清楚這是千萬不可的），「臣期期不奉詔」（我怎麼樣也不會照皇上所說的去做）。事實上，他是因為口吃，把「極」說成了「期期」，於是人們也用「期期」來指口吃。

你知道嗎？

❶一種說話時字音重複或詞句中斷的現象，可能由腦部異常、語言神經中樞損傷、生病或緊張所引起的。

❷當時漢高祖寵愛戚夫人，想改立她的兒子為太子。而皇后用了張良的計策，請出賢人「商山四皓」（指東園公、夏黃公、綺里季、甪里先生）來輔助太子，終於讓漢高祖打消廢太子的念頭。

艾艾（ㄞˋ ㄞˋ）

解釋

指說話不流利、結結巴巴。

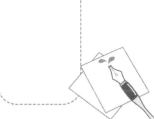

例句

他有口吃的毛病，一開口，就艾艾的說不出個所以然來。

近義

口吃、結巴、結結巴巴、期期艾艾

反義

口若懸河、侃侃而談、滔滔不絕

公告

形容口吃，可以用「期期」、「艾艾」，或是「期艾」、「期期艾艾」。另外，「蘄（讀作ㄑㄧˊ）艾」、「耆艾」與「期艾」為同音異義詞，「蘄艾」為植物的名稱，「耆艾」是老人或師傅的意思。

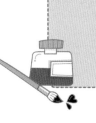

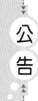

來無影，去無蹤的刺客

據說唐朝的大將聶鋒，把十歲的女兒聶隱娘託給一位尼姑帶到深山學藝。五年後，尼姑帶著聶隱娘回來，說她已經練成飛簷走壁的功夫，還擁有一把羊角匕首❶，即使在白天的都市中行刺，也不會被發現。

後來，唐朝有兩位官員魏博和劉昌裔不和。魏博請聶隱娘去刺殺劉昌裔❷。沒想到聶隱娘沒答應，反而主動保護劉昌裔。於是，魏博又派了另一位劍俠精精兒去行刺❸，但劉昌裔因有聶隱娘的保護而毫髮無傷。

最後魏博請武林第一高手妙手空空兒出馬，聶隱娘知道自己不敵妙手空空兒，於是要劉昌裔在脖子上圍一圈寶玉。果然，妙手空空兒一劍刺在寶玉上，因而失手。妙手空空兒神出鬼沒，像來無影，去無蹤的竊賊。後來，人們就以「妙手空空」比喻小偷。

你知道嗎？

❶一種雙刃的短刀或短劍，為近身搏鬥的利器。在原始社會以石製，商周後則出現青銅匕首。

❷據說劉昌裔有神算的本事，算出聶隱娘要來，便召集衙將到城北迎接她，讓她很佩服。

❸古時候，許多王宮貴族為了政治利益，會私下豢養刺客，謀殺政敵。

妙手空空（ㄇㄧㄠˋ ㄕㄡˇ ㄎㄨㄥ ㄎㄨㄥ）

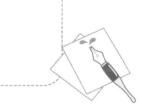

解釋

1. 指小偷、扒手。
2. 也比喻一無所有。

例句

1. 他是犯案累累的妙手空空，已經被警方逮捕。
2. 剛畢業的他，工作無著落，妙手空空，常三餐不繼。

近義

1. 竊賊　2. 兩手空空、阮囊羞澀

反義

萬貫家財

公告

「妙手」一詞，是形容技能卓越的人；「空空」，是形容虛心懇切，誠實樸拙的樣子，或比喻什麼財物都沒有。「妙手」、「空空」、「妙手空空」的涵義並不相同，彼此不能通用。

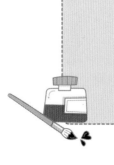

一刀下去，萬事OK

北朝東魏的丞相高歡有好幾個兒子，其中的二兒子叫高洋。據說，高歡為了考驗兒子是否果斷❶，是否具有解決事情的魄力，所以給了兒子們一把亂絲，看他們會如何處理。

當幾位年輕人看到亂絲時，其他人都毫無頭緒，只有高洋舉起刀一揮，把亂絲給斬斷。後來，高洋果然篡位自立，成為齊文宣帝。

另外還有一種說法是，東漢有個人叫方儲，他學習《易經》，也精通天文。東漢章帝很賞識他，任命他為郎中。章帝還給了一大把亂絲讓方儲整理，方儲毫不猶疑的拔出佩刀，斬斷了亂絲。後來，這則故事經過人們濃縮，而衍生了「快刀斬亂麻」這句俗語。

你知道嗎？

❶據說契丹開國皇帝耶律阿保機也曾考驗三個兒子，要他們在嚴寒的雪夜裡出去撿柴。結果老二最快回來，撿了乾柴來燒、溼柴烘乾備用；而老大全部撿乾柴；至於老三回來最晚而且都撿溼柴。耶律阿保機由此判定老二能分清事情輕重緩急、懂得應變，最後，他果然成為賢明的君主。

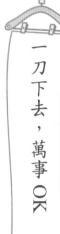

快刀斬亂麻

ㄎㄨㄞˋ ㄉㄠ ㄓㄢˇ ㄌㄨㄢˋ ㄇㄚˊ

解釋

採取果決的手段，迅速的解決複雜的問題。

例句

他處理棘手的問題，向來採取快刀斬亂麻的方式。

近義

快刀斬麻、抽刀斬亂麻

反義

拖泥帶水、拖拖拉拉

公告

「快刀斬亂麻」一詞，偏重於面對棘手的問題時，當下速斷速決，不會猶疑。而「乾淨俐落」是偏重處理事情很有效率，不侷限於複雜的事，例如：「新來的執行長是位女強人，做事向來乾淨俐落，效率一等一。」

送你一枝柳條

古代的長安東邊有一座灞橋，灞橋的兩岸有十里的長堤，沿著長堤，每走一步就有一棵柳樹。當時，人們要從長安往東到遠方，親朋好友們常會送別到這裡，並折下柳枝，送給要遠行的人。

由於「柳」與「留」的發音很相近[1]，所以折柳相贈，就有了挽留的意思。另外，柳樹細長的枝條柔軟下垂，風吹過，枝條飄動，彼此輕拂，產生一種依依不捨的意象，用來表示分手時的難分難捨，特別符合情境。

還有，楊柳在春天生得最繁茂，搖曳的春柳，給人欣欣向榮的感覺，於是「折柳[2]」又彷若祝福親人、朋友前往遠方，能很快生根發芽，像春柳欣欣向榮。

你知道嗎？

❶中國文學常利用諧音雙關，字面是一個意思，背後隱藏著另一個意思，例如：「絲」代表「思」、「蓮」代表「憐」等。

❷因為遊子離開家鄉，就像樹枝離開故土，而柳條折下後，隨處插入土中都能發芽生長，正可用來祝福遠行的人能隨遇而安，很快融入當地生活。

折（ㄓㄜˊ）柳（ㄌㄧㄡˇ）

解釋

比喻送別的意思。

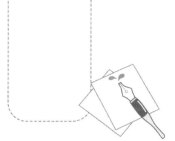

例句

折柳送好友，讓人感覺到離情依依。

近義

分別、分袂、別離

反義

再會、相聚、重逢

公告

「折柳」、「折桂」、「折柳攀花」，這三個詞語的意思並不相同。「折柳」喻指送別時，離情依依，祝福無限；「折桂」是指通過科舉考試，金榜題名；而折柳攀花中的「柳」和「花」，是比喻妓女，指男子與歡場女子尋歡作樂。

用肉乾當學費

古代的人見面時，一定要送上見面禮。見面禮中最微薄的，就是將十條肉乾❶紮成一束。

早期，受教育是貴族子弟的專利❷，如果是窮苦人家，根本沒辦法讀書、學習。不過春秋時的孔子，不管是窮人或有錢人，他都願意收為學生。他說：「自行束脩以上，吾未嘗無誨焉。」意思是，如果有人願意來學習，就算只準備一束肉乾當見面禮，我也會盡心盡力的教導他。

這顯示了孔子「有教無類」，對於施教的對象，完全沒有貧富貴賤之分。後來，束脩就成為拜見老師的見面禮。

你知道嗎？

❶古人一般在秋末冬初，取牛、羊、肉塊拍扁晒乾，有時加上鹽、薑或其他香料調味。

❷中國在夏朝就有學校了，直到西周時期，學校都是培養貴族子弟的場所，到周王朝勢力衰頹，典籍與「士」階層流落民間，民間私人講學才興起。

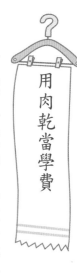

束脩 ㄕㄨˋ ㄒㄧㄡ

解釋

古人將十條肉乾紮成一束，當作拜見老師的禮物。現在指學生給老師的酬金。

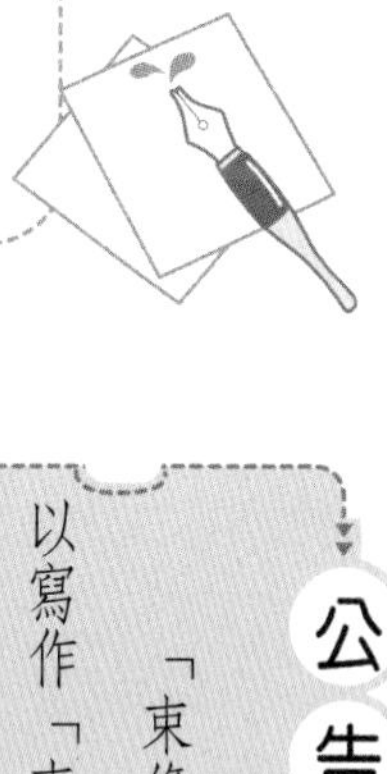

例句

古時候，人們上私塾念書，除了跟老師行跪拜禮之外，還要送上束脩。

近義

學費

公告

「束脩」一詞，也可以寫作「束修」，強調是學生敬奉給老師的學費，不能夠用做其他方面的酬勞，例如：「他請我幫忙介紹買主，事成後答應給我束脩。」就是錯誤的用法。應該改成：「他請我幫忙介紹買主，事成後答應給我佣金。」

病人的謝禮

三國時的吳國，有位醫術很高明的醫生叫董奉。他醫治過很多人的疾病，也拯救過很多人的性命。因此，大家很尊敬他，認為他像是救命神仙一樣，所以稱呼他為「董仙❶」。

董奉替人看病，從來不收醫藥費，只要求病人在疾病痊癒後，按照病情的輕重，在他的住屋邊栽種杏樹❷；如果病情較嚴重，就種五株，如果病情較輕微，就種一株。

經過了幾年，他家附近已經種植了十多萬棵的杏樹，表示他已經救治了十多萬人。而這些杏樹也代表了病人對董奉衷心的感謝，被稱為「董仙杏林❸」。

你知道嗎？

❶據說董奉年輕時就曾修得道術，還殺了澗中巨蟒，為民除害。

❷在中藥裡，杏仁（杏子種核中的仁）有潤肺化痰、止咳定喘與滋養的功效。

❸「杏林春暖」一詞，是形容醫師仁心仁術，像春天的太陽照耀般溫暖，多為診所的匾額題辭。

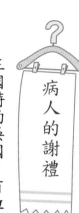

杏林（ㄒㄧㄥˋ ㄌㄧㄣˊ）

解釋

本指杏樹成林。後成為醫學界的代稱。

例句

那名醫生常下鄉義診，還自掏腰包買營養品捐贈給貧苦病人，他的善行在杏林傳為佳話。

近義

醫學界

公告

「杏林」與「杏壇」二詞的意思不相同，但容易被混淆，須仔細辨正。「杏林」限指醫學界，是讚美醫生的詞語。「杏壇」限指教育界，是歌頌老師傳道、授業、解惑，對教育貢獻心力，非常了不起。

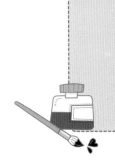

樹洞裡釀成的美酒

傳說，周朝河南省汝南縣杜康村，有個人很善長釀酒[1]。不過，因為人們不清楚他真正的姓名，所以就以他所居住的地方——杜康，來稱呼他。杜康釀酒其實源自一個意外。

有一天，家裡有吃剩的稀飯，杜康隨意把稀飯倒在桑樹洞中。過了幾天，他聞到一股特殊的香味，卻不清楚那是什麼味道，於是，他循著香味來到了桑樹洞前。原來，桑樹洞裡的稀飯已經變成汁液，香味就是從那兒飄散出來的。杜康取出汁液嘗了一口，竟然非常香醇。

後來，杜康花了許多功夫釀酒。他所釀的酒[2]，連周平王喝了，也心情舒暢，於是，封杜康為酒仙。

你知道嗎？

❶據研究，其實中國在夏朝就已經有酒了。但早期的酒應該是採果實與百花發酵製成，等到農業興盛到一定程度，才開始以穀物釀酒。

❷杜康當時釀的可能是「秫酒」，就是用高粱為原料製成的清酒。

杜康（ㄉㄨˋ ㄎㄤ）

解釋

酒的代稱。

例句

他善長釀酒、品酒、喝酒，人稱杜康，是道地的酒仙。

近義

佳釀、美酒

公告

「杜康」即是酒。我們喝的酒是用糧食（例如：稻米、高粱）、水果（例如：梅子、葡萄）等經過發酵釀製的，有啤酒、白酒、紅酒、水果酒等等。臺灣金門的「高粱酒」、馬祖的「八八坑道」，非常聞名，是銷路很夯的伴手禮。

看到木屐就想起你

春秋時的晉文公，還沒有登上王位前，曾被父親趕出晉國，在外流亡十九年。流亡期間，有一天，他生了病，想喝熱熱的肉湯，卻沒有錢可買。跟隨他的介之推就割下自己的大腿肉，煮了肉湯❶端給他喝。

後來，晉文公當上國君，對部下論功行賞。然而介之推卻跑到綿山隱居，不願意接受晉文公所賞賜的官職。晉文公為了激介之推出來，叫人放火燒山，沒想到介之推意志堅決，抱著樹幹被活活燒死。

晉文公懊悔不已，叫人砍下那棵樹，做成木屐❷。每當他想念介之推時，就低頭看著木屐說：「真是讓人悲傷啊，足下。」言語中，流露出晉文公濃濃的思念和懊惱的心情。

你知道嗎？

❶其實中國古代有很多吃人肉的紀錄，大多是因為天災或戰亂，人民或軍隊缺乏糧食的下策，少部分則是統治者的變態暴行。

❷木屐在春秋戰國日益普遍，魏晉南北朝時蔚為流行。宋代後女子多裹小腳不穿木屐，男子則多當作雨鞋。

足下（ㄗㄨˊ ㄒㄧㄚˋ）

解釋

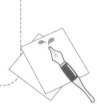

1. 腳下。
2. 下對上或是對同輩的敬稱。

例句

1. 古人說：「千里之行，始於足下。」意思是說任何事都是由小到大，慢慢累積而成的，不可妄想一步登天。
2. 我和足下分別很久了，所以特地寫信問候。

近義

2. 大駕、左右、尊駕、閣下、臺端

公告

「足下」與「下足」的詞義完全不一樣。「足下」是敬稱語，表示自己不如對方，含有尊崇的意味。「下足」一詞，帶有輕蔑的意味，古時候，是指身分卑賤的人，例如：婢僕、奴隸、罪犯等等。

戰場上的獲勝必殺技

東晉時，後趙的國君石勒和西晉的王浚所率領的軍隊對陣。王浚的精銳部隊很善長打仗，接連幾次，把對方打得落花流水，抱頭鼠竄。對方老是吃敗仗，石勒困擾不已，不知道該怎麼辦才好。

後來，石勒的將領張賓建議說：「我們先向敵方透露已經不敢再跟他們打仗了，這樣一來，他們自然會鬆懈。然後，我們再出其不意展開突擊，王浚的軍隊一定會來不及防備而敗下陣來。」

石勒聽了大喜，高興的說：「太好了，這一次我一定要他們吃足苦頭。」於是，他採用張賓的建議，果然讓敵方措手不及❶，吃了敗仗求饒。於是人們就用「迅雷❷不及掩耳」來指突如其來的襲擊。

你知道嗎？

❶事情發生非常突然，因此來不及應付。

❷雲層內的各種微粒因碰撞摩擦而累積電荷，超過某個定值時，會引起大規模的放電現象，周圍的空氣則因急劇膨脹的衝擊而形成聲波，就是雷。

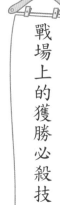

迅雷不及掩耳

ㄒㄩㄣˋ ㄌㄟˊ ㄅㄨˋ ㄐㄧˊ ㄧㄢˇ ㄦˇ

解釋

雷聲突然響起，使人連掩耳防備都來不及。比喻行動非常快速，以至於人們來不及防備。

例句

搶匪用迅雷不及掩耳的速度搶走了他的錢包。

近義

火速、急速、疾雷不及塞耳、疾雷不及掩耳

反義

緩慢、慢吞吞

公告

「迅雷不及掩耳」是強調行動快速，令人來不及防備；這個行動通常具有攻擊性或破壞性。如果只是一般的動作快，常會說動作「敏捷」，不會以「迅雷不及掩耳」來形容。

里程標示的演變

很久很久以前，人們會在每隔一段距離的路旁堆起一個土堆，標示里程。這個土堆就叫「堠❶」，而里程則稱為「堠程」。

漢朝時，每隔一里的路程會設置一個堠。到了唐朝，則改成五里一堠，十里雙堠。北周時，長安城的附近不再利用土堆，而改成種植槐樹❷來代替設堠。宋朝以後開始流行用石塊來作為里程碑。接著，人們更用條石、混凝土做成碑狀，於上頭刻上里程數字❸以及道路的編號。

現在，我們將金屬牌子豎立在路旁，用油漆寫上數字。後來，經過演變，「里程碑」一詞，指事情進行中的重要階段，或指達到重要的目標。

你知道嗎？

❶讀作ㄏㄡˋ，古時候瞭望敵情的土堡。

❷在中國被廣為栽種的樹，因為木質堅硬有彈性，是從前製造牛車、馬車或造船的主要木材。其樹蔭濃密，也是很好的行道樹或庭園樹。

❸通常表示兩地之間相距的里數。

里程碑 ㄌㄧˇ ㄔㄥˊ ㄅㄟ

解釋

1. 用來標示道路里程的標誌。
2. 比喻在歷史的發展中，具深厚意義，可以當作標誌的大事件。

例句

1. 高速公路上沿途有許多里程碑。
2. 獲得這個獎項，可說是他人生階段的里程碑。

公告

里程碑的「碑」是「石」字旁的「碑」，須小心別寫成字形相近的「卑」、「埤」。另外，若事情暫時停止作業，也不具特別的重要性，則不宜使用「里程碑」，應該說「事情告一段落了」。

只能畫葫蘆的翰林學士

宋朝的大臣陶穀學問很好，文筆也很精妙，擔任翰林院❶學士❷的職務多年，一直期望自己能受到重用，偏偏，好幾次被升為宰相的人，文筆都比不過他，連聲望也在他之下。他感到憤憤不平，因此請朋友在宋太祖面前推荐他。

但宋太祖認為翰林院學士草擬的典章制度，只是拿前人寫的舊版本稍微修改文句，就像俗語說的依照葫蘆的樣子畫葫蘆罷了，並不需要費什麼力。

陶穀知道宋太祖的想法後，就在翰林院的牆壁上寫了一首詩，嘲笑自己只能「依樣畫葫蘆」，沒什麼作為。後來，人們就用「依樣畫葫蘆」來比喻僅只是模仿，缺乏創見。

你知道嗎？

❶唐代開始設立的機構，最初為集中善長各種藝能技術的專業人士，聽候皇帝命令，以便行事的地方，之後，逐漸演變為草擬機密詔書的單位。

❷宋代能入翰林學士院者，都是文學之士，職責是起草朝廷的制誥、赦敕、國書等，同時也擔任皇帝的秘書、顧問和參謀官員。

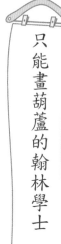

依樣畫葫蘆（ㄧ ㄧㄤˋ ㄏㄨㄚˋ ㄏㄨˊ ㄌㄨˊ）

解釋

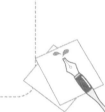

比喻有樣學樣，沒有一點新意。

例句

我們照著食譜，依樣畫葫蘆的烘焙些甜點吧！

近義

如法炮製、照貓畫虎、照葫蘆畫瓢

反義

不落窠臼、別出心裁

公告

依樣畫葫蘆的「依樣」，是照著模仿的意思，小心不要寫成了「一樣」。另外，「葫蘆」是草本植物，莖有卷鬚，開白花，果實形狀像一大一小兩個球相連，乾燥後可做成容器盛水，或設計成裝飾品。

被淹死的痴情郎

相傳春秋時，有個人叫尾生。一天，他和一位女子約好，要在橋梁❶下見面。他等啊等啊，到了約定的時間，女子都沒出現。不過守信的他還是一直等下去。

也不知道女子是忘記與尾生的約定，還是臨時有事不能赴約，所以始終沒有出現。然而尾生依舊痴痴等待，打算等到女子出現為止。沒想到，突然來了一場巨大的洪水❷，大水滔滔不絕淹了過來，眼看尾生就要有生命危險了。可是，尾生還是不走，抱著橋梁下的柱子，繼續苦等。

不久，大水淹過尾生的腳、膝蓋、胸部、頸部，最後淹過他的頭部，吞噬了痴情不肯逃命的尾生。後來，人們用「抱柱信」來比喻對於約定堅守不變。

你知道嗎？

❶據說這座橋叫「藍橋」，在陝西藍田的蘭峪水上。

❷河流中水量迅速增加，水位急劇上漲的現象。洪水的成因，可能是河道淤積，或雨量超過河道的排放力所引起。

抱柱信（ㄅㄠˋ ㄓㄨˋ ㄒㄧㄣˋ）

解釋

比喻信守約定，絕不食言。

例句

尾生「抱柱信」的故事，流露了堅守承諾，心意不變的精神。

近義

守約、守信、信守不渝

反義

失信、失約、背信、爽約、違約

公告

抱柱信，也叫「尾生抱柱」。另有「抱柱對」一詞，其中的「對」是指「對聯」，意思是「依據柱子形狀雕刻而成的木質對聯」。「抱柱」，須留意別寫成「抱住」。

斧頭功，好功夫

相傳東周時，楚國有對表演雜耍的藝人，其中一個叫郢人，一個叫匠石。兩人所表演的絕技——匠石運斤，令人嘆為觀止，十分受歡迎。

這種絕技就是由郢人在自己的鼻尖上，塗一層像蒼蠅翅膀那樣薄的白粉，然後直直站立著，而匠石則揮動斧頭，將郢人鼻尖上的那層白粉削去。匠石的技藝純熟高超，在揮動斧頭時，看都不用看一眼，只要憑著斧頭揮動所產生的風聲，就能正確判斷出白粉所在的位置，所以從來沒失手傷過郢人的鼻子❶。

後來，人們就用匠石揮動斧頭的絕妙技巧，代表運用文字的純熟能力，也尊稱請深具文字功力的人來修改作品，叫「斧正❷」。

你知道嗎？

❶匠石之所以能發揮他的精湛技巧，是因為和郢人絕佳的默契，換做別的對象就無法施展了。

❷通常在贈送作品給對方時，會題上請對方指正的敬語，除了「斧正」外，也可用雅正、法正、清正、鑒正、惠正、賜正、法鑒、法教、雅鑒等。

斧正（ㄈㄨˇ ㄓㄥˋ）

解釋

請他人幫忙修改文字的客氣說法。

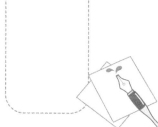

例句

這是我所寫的文章，請您不吝斧正。

近義

郢正、郢政、郢削

公告

「斧正」一詞，常當作請人指導、修改作品的自謙詞。所以如果請人指導的不是文字作品，而是其他範疇，像是做人處事的方法，就不適合用「斧正」，而是用「指教」、「賜教」、「見示」等等。

白吃白喝的皇帝

傳說，漢高祖劉邦年輕時不務正業，到處白吃白喝。有一天，他在城裡遇見一位賣狗肉[1]的大漢。劉邦身上一文錢也沒有，卻要了二斤狗肉，一邊吃，一邊叫：「好吃！痛快！」旁邊的人看了，很快圍上來把狗肉買光。大漢高興極了，也不收劉邦的錢，這可合了他的心意。

這大漢名叫樊噲。後來劉邦與樊噲成了好友，劉邦就住在樊噲家裡免費吃喝。時間久了，樊噲雖然不太高興，但奇怪的是，他的狗肉攤子要是沒有劉邦在一旁吆喝，生意就不好。所以樊噲只好任由劉邦白吃白喝了。

後來劉邦起義抗秦，樊噲成了劉邦得力的助手[2]。劉邦與樊噲的故事傳開後，「狗肉朋友」這句俗語也變得家喻戶曉。

你知道嗎？

❶中國人從新石器時代開始就有食用狗肉的習慣。在中國某些地區，狗肉又叫「香肉」或「地羊肉」。今日主要吃狗肉的地區多在貴州、廣西、廣東一帶。

❷樊噲在許多戰役中，都立下很大的功勞，在「鴻門宴」中，還保護劉邦安全逃脫。

狗肉朋友

ㄍㄡˇ ㄖㄡˋ ㄆㄥˊ ㄧㄡˇ

解釋

只顧一起玩樂、卻不做正經事的朋友。

例句

他因為交了狗肉朋友而荒廢了學業。

近義

損友、酒肉朋友、豬朋狗友

反義

良友、良朋、益友

公告

「狗肉朋友」一詞，偏重於成天一起玩樂的朋友。另有「狐群狗黨」、「狐朋友黨」、「狐朋狗友」等詞，偏重於相互勾結，為非作歹的一群人。這幾個詞語中的朋友，雖然都屬損友，但是程度有差別。

爬狗洞立大功

戰國時秦昭王囚禁了孟嘗君，並打算殺了他❶。孟嘗君知道後，趕緊派人向秦昭王的愛妃燕姬求救。燕姬要求孟嘗君，如果能送給她一件天下無雙、價值千金的白狐皮大衣❷，她就願意幫忙說情，助他脫困。

然而，白狐皮大衣十分珍稀，孟嘗君曾有一件，卻已經送給秦昭王了。還好，孟嘗君的門客中，有一個人可以爬狗洞，潛入屋內。孟嘗君就派這個人，在月黑風高的晚上，潛入秦昭王的宮殿，順利偷出白狐皮大衣。

燕姬收到禮物後，果然遵照約定向秦昭王說情，救出孟嘗君。後來，人們就將「狗盜」作為竊賊的代稱。

你知道嗎？

❶秦王原本是讓孟嘗君擔任秦國宰相，但是，有大臣認為，孟嘗君是齊國人，將來一定會危害秦國，所以秦王才改變主意。

❷據說狐狸只有腋下一小塊毛皮是純白的，這件大衣是集合大量狐狸腋下的白毛製成，所以特別珍貴。

狗盜 ㄍㄡˇ ㄉㄠˋ

解釋

小偷、竊賊的代稱。

例句

這些狗盜一連偷了好多戶人家，真是膽大妄為。

近義

小偷、盜賊、賊人

公告

「狗盜」是泛指竊賊。另有「雞鳴狗盜」或「狗盜雞鳴」，典故和「狗盜」相同，意思是指「卑微的技能」或「擁有卑微技能的人」，含輕蔑的意味，例如：「那不過是雞鳴狗盜的本事，有什麼好炫耀的。」、「他不過是個雞鳴狗盜之徒。」

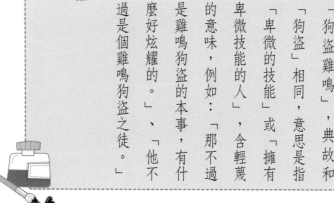

寒冬捕鯉魚的孝子

晉朝有個孝子叫王祥。他出生不久，母親就去世了，之後，父親娶了繼母朱氏。繼母是個器度狹窄、壞心眼的人，常在王祥的父親面前挑撥是非，父親受到影響，漸漸對王祥也有了成見。然而，王祥生性至孝，無論父母怎麼對他，都始終恭敬孝順。

有一年冬天，朱氏想吃鮮魚。但河流湖泊都結了一層厚厚的冰，到哪兒去取得鮮魚呢？王祥為了使繼母開心，來到河邊❶，不顧寒冷脫去外衣，趴在冰上。寒冰因為王祥的體溫漸漸融化，裂開了一條縫，更奇妙的是，裂縫中蹦出了兩條鯉魚。

王祥捉住鯉魚，趕回家為後母烹煮鮮美的魚湯。後來，人們就用「臥冰」來比喻對待父母十分孝順❷。

你知道嗎？

❶據說這條河流在臨沂城北的白沙埠，因為王祥臥冰的故事，後來被稱作「孝河」或「孝感河」。

❷元代郭居敬曾輯錄古代二十四個孝子的故事，編成《二十四孝》，其中也收錄王祥「臥冰求鯉」的感人故事。

臥冰 ㄨㄛˋ ㄅㄧㄥ

解釋

比喻對待雙親非常孝順。

例句

做人兒女的，應該效法王祥臥冰的孝心，孝敬父母。

近義

事親至孝

反義

大逆不孝、忤逆不孝

公告

「臥冰」與「臥雪」的詞義完全不相同。「臥雪」一詞，是指東漢的袁安在下大雪後，別人都清理積雪並出外乞討食物，只有他關上大門，僵臥著，不願出外求人。後比喻寒士不肯向人乞求的高傲氣節。

不怕砍頭的縣令

東漢時，洛陽的縣令董宣是個執法嚴格的人。他認為即使是皇親國戚，如果觸犯法律，也要跟百姓一樣接受法律制裁。當時的公主❶有個家僕犯了罪，董宣便依照法令規定，懲治他。

事後，公主很不高興，一狀告到皇帝那兒。皇帝召見了董宣，要他跟公主磕頭賠罪。但是，董宣認為自己並沒有錯，所以寧願被砍頭也不願意磕頭。皇帝看到董宣這麼剛直，不僅沒有生氣，還大為讚賞❷，並送給董宣豐厚的賞賜。

而董宣也繼續善盡自己的職責，治理地方，懲治不法。所以洛陽的貴族聽到了他，都很害怕，還給他取了一個「臥虎」的外號。

你知道嗎？

❶即東漢光武帝的大姊湖陽公主。她後來守寡，光武帝原本希望能把她改嫁給品貌出眾的大臣宋弘。但是宋弘認為他不能因為富貴了就拋棄元配夫人，這就是「糟糠之妻不下堂」的典故。

❷光武帝稱董宣為「彊（讀作ㄑㄧㄤˊ）項令」，即「硬脖子的縣令」。

臥虎（ㄨㄛˋ ㄏㄨˇ）

解釋

比喻人的個性剛烈、勇猛。

例句

他執法嚴明，大家都稱他為臥虎。

近義

剛烈、剛強

反義

柔和、圓滑、溫馴

公告

「臥虎」、「臥虎藏龍」、「睡虎子」，彼此的意思並不相同。「臥虎藏龍」、「藏龍臥虎」，是比喻潛藏著人才。至於「睡虎子」，是譏笑貪睡的人。另有「笑面虎」一詞，是比喻人表面和善，其實內心險惡。

黑心橘子大啟發

劉基是明朝知名的詩人、散文家❶。一天，他到杭州的西湖畔散步，發現有一群人擠在前方。劉基好奇的跑過去看，原來那是個水果攤，攤子上擺滿色澤誘人的柑橘❷。劉基心想柑橘一定甜美可口，於是也買了一個。

沒想到，他剝開柑橘後，發現裡頭竟然發霉了。他很不甘心，找了賣柑橘的人理論，指責對方怎麼可以欺騙顧客。賣柑橘的人卻說，世上靠騙人的方式來過活的人很多，像很多達官貴人的表面都如金似玉，內在卻像破棉絮，根本沒有為百姓做事、謀福利。

劉基覺得賣柑橘的人說得很有道理，回家後就寫了一篇〈賣柑者言〉，流傳到後世。

你知道嗎？

❶劉基也是軍事家、政治家，不但通經史，而且上知天文，下精兵法。他曾輔佐朱元璋開創明朝，穩定國家。在文學史上，則與宋濂、高啟並稱「明初詩文三大家」。

❷中國柑橘的主要生產區為浙江、福建、湖南、四川、廣西、湖北、廣東、江西、重慶等地。

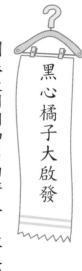

金玉其外，敗絮其中

解釋

外表像金子玉石一樣華美，裡頭卻全是破棉絮。形容外在美好，內在卻破爛不堪。金玉，黃金珠玉。敗絮，破棉花。

例句

我們不要太注重外表，要多充實內涵，才不會成為金玉其外、敗絮其中的人。

近義

表裡不一、徒負虛名、虛有其表

反義

名副其實、表裡如一

公告

「金玉其外、敗絮其中」可形容人，也可以形容事物，例如：「這棟房子外觀豪華，裡頭卻處處漏水，真是金玉其外，敗絮其中。」或「這顆西瓜看起來飽滿，剖開一看，裡頭卻爛了，真是金玉其外、敗絮其中。」

愛穿石榴裙的貴妃

傳說楊貴妃很喜歡石榴❶，唐明皇為她種植許多石榴，並在艷紅的石榴花叢中與貴妃飲酒，欣賞貴妃醉酒後的媚態❷。由於唐明皇對貴妃的美色太過沉迷，疏忽了朝政，很多臣子都對貴妃感到不滿，見到她也不肯行禮。貴妃儘管不高興卻無可奈何。

一次，唐明皇宴請大臣，請來貴妃跳舞助興，貴妃跳著跳著，端起酒杯送到唐明皇身邊，悄聲說：「這些大臣看到我都不恭敬，不行禮，我不想為他們跳舞了。」唐明皇很生氣，立刻下令所有臣子見到貴妃一定得行禮，否則將嚴加懲罰。

貴妃喜愛穿著繡有石榴的長裙，後來，人們就將「拜倒石榴裙下」，比喻為對美人的傾心。

你知道嗎？

❶傳說楊貴妃也很喜歡荔枝，皇帝特派專門的人，負責將新鮮荔枝從嶺南（廣東、廣西）快馬送到長安。

❷《貴妃醉酒》也是著名的京劇劇目，經過梅蘭芳的去蕪存菁、加工點綴後，成為梅派經典代表劇目之一，相當受歡迎。

拜倒石榴裙下

ㄅㄞˋ ㄉㄠˇ ㄕˊ ㄌㄧㄡˊ ㄑㄩㄣˊ ㄒㄧㄚˋ

解釋

比喻男子對女子很傾心、著迷。石榴裙，紅色的裙子，比喻女子。

例句

她外表出眾，才華洋溢，令男士們拜倒石榴裙下。

近義

傾心、傾慕、醉心

反義

唾棄、厭惡、鄙棄

公告

「拜倒石榴裙下」，是指男士對女士的仰慕迷戀。另有一詞「拜倒轅門」，是佩服對方，自願服輸的意思。「轅門」，古時候將帥的營帳或軍營的大門。

忘記怎麼走路的人

戰國時的燕國有位年輕人，很羨慕趙國首都邯鄲人走路的姿態很美，特別前往學習。結果他不但沒學成美姿，連自己原來的步法都忘了，只好爬著回去。這就是「故步❶」的典故。

而戰國的名家公孫龍覺得自己很博學聰敏，偏偏對莊子的言論無法理解。於是，他向魏國的公子魏牟請教這是怎麼一回事。事實上，魏牟認為公孫龍的見識淺薄，眼界狹小，根本無法通曉莊子言論的玄妙，即使花工夫學習，也只能學得皮毛。

因此，他用「故步」的典故，勸公孫龍別再試圖理解，免得到最後學不成莊子的學問，還喪失自己原有的見解❷。公孫龍聽了這番話，尷尬、驚訝的怔在那裡，反應不過來。

你知道嗎？

❶後人濃縮這個故事，有了「邯鄲學步」這則成語，比喻一味模仿別人，反而無法發現自己的優點。

❷《莊子．秋水》中說公孫龍聽了魏牟的話，「口呿（讀作ㄑㄩ，張開嘴巴的樣子）而不合，舌舉而不下」，這也是成語「張口咋舌」的由來。

故步（ㄍㄨˋ ㄅㄨˋ）

解釋

原來的步法。常與「自封」連用，形容人安於現狀，不求進步。

例句

故步而不知求新求變，自然跟不上時代的腳步。

近義

抱殘守缺、墨守成規、陳陳相因

反義

標奇立異、標新立異、勇猛精進

公告

「故步」與「夜郎自大」的喻意並不相同。故步，也寫成「故步自封」，強調人不知變通，只會死守著老規矩。夜郎自大，強調見識淺薄，自以為了不起，例如：「你才學幾年英文，就以為自己是外語專家，未免太夜郎自大了。」其近義詞包括：自以為是、自高自大、妄自尊大。

超級細毛，你看得見嗎？

傳說黃帝時代有個人叫離婁，能把百步外野獸身上根根細毛看得一清二楚。有一天，孟子勸諫梁惠王行仁義之道，便借用離婁的例子。

孟子對梁惠王說：「如果有人說他的力量能舉起三千斤的東西，卻舉不起一根羽毛；他的視力能看見野獸初生的細毛❶，卻看不見一堆木柴，請問大王您會相信嗎？」梁惠王回答：「當然不信。」孟子又說：「舉不起一根羽毛，或看不見一堆木柴，是不肯去做，不是做不到。現在人民生活艱苦，是因為大王不肯行仁義之道造福百姓，並非大王做不到啊！」

後來，人們從孟子對梁惠王的勸諫❷，衍生出「明察秋毫」這句成語，用來比喻人能洞察一切，看到極細小的地方。

你知道嗎？

❶人類嬰兒初生時的頭髮，叫「胎毛」。某些地方風俗，認為在嬰兒滿月時要把胎毛全部剃掉，以後再長出來的頭髮才能又濃密又黑亮。

❷梁惠王好利、好戰，是孟子口中為了爭奪領土而犧牲百姓的「不仁者」。孟子經常以仁義之道勸諫梁惠王，但是他都當作耳邊風。

秋毫 ㄑㄧㄡ ㄏㄠˊ

解釋

秋天時鳥獸長出來的細毛。比喻細微的事物。

例句

身為檢察官，一定要明察秋毫，秉公辦案，為民申冤。

近義

微小、微細、秋毫之末

反義

粗大、粗略、重大

公告

「秋毫」、「蠅頭」、「雞腸」三詞都有細小的意思，但是偏重的詞義不太一樣。「秋毫」，強調微細，用肉眼幾乎看不出來。「蠅頭」，強調微薄，例如：「賺點蠅頭般的工資」、「蠅頭般的利潤」。「雞腸般的心胸」，強調器度狹窄，例如：「那人心胸似雞腸，沒有大肚大量。」

一句話，免除了戰火

春秋時，北方的霸主齊桓公聯合他國，率軍攻打蔡國，節節勝利。接著，齊桓公又繼續征討楚國❶。

楚王一面準備迎戰，一面派遣使者❷前去齊國，與宰相交涉，說：「齊國位在北海，楚國位在南海，兩國的相距遙遠，根本沒有任何利害關係和牽連。就算是我們放了公的、母的馬或牛，讓牠們互相吸引、追逐，這些馬、牛也不可能跑到對方的國界裡。不知道貴國為什麼要攻打我們呢？」

後來，齊國估計自己與楚國的實力差不多❸，當真打起來，兩方都沒有好處，於是講和了。後來，「風馬牛不相及」這句話，就被用來比喻事物之間沒有絲毫的關連。

你知道嗎？

❶齊國以楚國沒有向周王室進貢包茅（用於濾酒的物品），以及周昭王南巡沒有返回兩個理由，前來興師問罪。

❷楚國使者為屈完，當時的齊國宰相是管仲。

❸據屈完所說，楚國有方城（楚長城）為牆、漢水為護城河，不易攻打。

風馬牛不相及（ㄈㄥ ㄇㄚˇ ㄋㄧㄡˊ ㄅㄨˋ ㄒㄧㄤ ㄐㄧˊ）

解釋

指放任馬、牛互相追逐，也不會跑到相距遙遠的對方那兒去。比喻事物之間沒有任何關係。風，放任。

例句

他常在開會時說些風馬牛不相及的話，浪費大家許多時間。

近義

風馬牛不相干、風馬牛不相關

反義

休戚相關、息息相關、密不可分

公告

「風馬牛不相及」、「東邊日出西邊下雨」，這兩句俗諺的喻意並不相同。前者強調彼此之間互不牽涉，沒有關連。後者強調各做各的，誰也不干涉對方，例如：「東邊日出，西邊下雨，我們各自發展，誰也別管誰。」

公子宋的特異功能

春秋時的鄭靈公在位時，有人送來了一隻甲魚。當時，公子宋和子家正好準備晉見鄭靈公。

兩人走到半路上，公子宋的食指突然顫動❶起來。公子宋對子家說：「我的食指也曾經這樣顫動過，這表示等一會兒有美食可嘗。」果然，他們走進靈公的處所，看到廚師正在分解煮熟的甲魚。公子宋和子家對看一眼，笑了起來。靈公問兩人為什麼笑，子家說起公子宋食指動的事。

之後，靈公開始享用甲魚，卻故意不給公子宋一飽口福。公子宋很不高興，將手指插入鼎中❷，沾了些甲魚湯，嚐嚐後才離開。後來，人們便以「食指動」表示有美食可吃。

你知道嗎？

❶金庸小說《射鵰英雄傳》中的洪七公，遇到美食也會「食指大動」，後來因為貪吃誤事，自己把食指砍了。

❷公子宋的行為讓魏靈公非常生氣，想殺掉他。同樣的，公子宋也很惱怒，又聽說靈公要殺他，便先下手殺了靈公。

食指動 ㄕˊ ㄓˇ ㄉㄨㄥˋ

解釋

形容有口福，或美食當前，食慾大開。

例句

新鮮的時令美食，總是讓人食指動。

近義

食指大動

反義

反胃、沒胃口

公告

與「食指動」出自相同典故的還有「染指」一詞，指公子宋將手指插入鼎中，硬是要嘗靈公不給他喝的甲魚湯。後比喻得到不應該獲得的利益。與「食指動」的意思並不相同。

亡命天涯的感悟

崔瑗是東漢時的文學家和書法家❶。他十分好學❷，具有遠大抱負。只不過，血氣方剛的他做事欠謹慎。一天，崔瑗的哥哥被人殺死，崔瑗聽到消息，非常憤怒，拿著刀就要去報仇。鄰居拉住他苦苦勸阻，他根本不聽，執意要為哥哥出一口氣。崔瑗殺了仇人後，受到官府追捕，逃亡在外多年，後來朝廷大赦❸，他才脫離亡命生涯。

回到家鄉的崔瑗痛定思痛，寫了一篇警惕自己的文章，時時剔勵自己「不說別人的短處，不炫耀自己的長處；為他人做了點事不要時時記掛，得到他人的幫助卻要永遠記住不忘……」後來，人們就將用來警惕自己的言詞叫「座右銘」。

你知道嗎？

❶崔瑗尤善長草書，師法杜操，當時並稱「崔杜」，連後來的「草聖」張芝都曾取法崔、杜。

❷崔瑗曾拜在當時著名經學家賈逵的門下，並與馬融、張衡友好。

❸皇帝通常在登基、換年號、立皇后或太子等喜慶時，宣布赦免罪犯，叫做大赦。

座右銘

解釋

張貼在座位右方以警惕自己的銘文。銘，古代的一種文體。刻在器物、石碑上，用來惕勵自己或稱頌他人的文字。

例句

「謹言慎行」是我多年來的座右銘。

近義

法則、格言、警語

公告

「座右銘」、「格言」、「警語」的意思和作用不太相同。「座右銘」，偏重置於座位旁，隨時可看見，用來自警的文字。「格言」，泛指含有教育意義，可當作準則的話，對象是眾人，例如：「要怎麼收穫，先那麼栽。」「警語」，強調有警示意味的標語，例如：「酒後不駕車。」

曹操也玩Cosplay？

三國時，魏王曹操有一回接見匈奴❶使者。不過，曹操擔心自己的長相不夠俊美勇武，會損害國威，所以派了相貌堂堂的崔季珪❷穿上他的衣服，假扮成他，坐在榻上，接見使者。至於他自己則假扮成侍衛，捉刀（拿著刀）站在榻旁。

接見儀式結束後，曹操派人去向匈奴使者打聽他對魏王的印象。匈奴使者說：「魏王儀表堂堂、風度翩翩，但是他旁邊那位捉刀人氣度威嚴，不是一般人所能比擬，那位捉刀人才是真正的英雄。」

於是，人們將「捉刀」當成替人做事的代稱，後來經過演變，常用來指替人寫文章。

你知道嗎？

❶東漢時期，匈奴分裂為南、北兩支。南匈奴依附漢朝，被安置在河套一帶，但時有叛亂，後來曹操將其分為五部，由漢人監督。

❷崔琰（讀作ㄧㄢˇ），字季珪，據《三國志》記載，崔琰「聲姿高暢，眉目疏朗，鬚長四尺」，為人正直有威嚴，連曹操都很敬畏他。

捉刀 ㄓㄨㄛ ㄉㄠ

解釋

指代人做事或替人寫文章。

例句

你的文章寫得好，但是用巧筆代人捉刀，是不對的。

近義

代筆、代人捉刀

反義

自理、親筆

公告

「捉刀」、「操刀」、「跨刀」三者的詞義並不相同。「捉刀」，偏重於頂替人做事，有假冒的意味。「操刀」，比喻執掌、管理的意思，例如：「這部電影，是作家親自操刀。」「跨刀」，強調為人助長聲勢，例如：「這部舞臺劇，特邀影后跨刀演出。」

東施學西施捧心

春秋時，越國有個美女叫西施。西施患有心痛❶的毛病，每次發作時，她總是輕輕按住胸口，微微皺著眉頭。

一次，住在同村的醜女看見了西施捧心，認為很美，於是也有樣學樣，並自以為很美。鄉里中的富人看見後，因為覺得醜女那樣實在醜得嚇人，所以把門緊緊關住，不敢走出去一步；至於窮人看到了，則急急忙忙帶著妻子和孩子遠遠躲開。

醜女只知道西施捧心、皺眉很美，卻不知道這個動作之所以美，是因為西施本人貌美的緣故。後來，人們把這個醜女戲稱作東施❷，把她盲目學西施捧心皺眉，稱作效顰。

你知道嗎？

❶心絞痛是一種心臟暫時缺血與缺氧所引起的胸痛，多由勞累、情緒壓力或受寒等誘發。

❷據說東施雖然長得醜，但非常善長女紅。因為她在元宵夜那天，不幸溺斃於廁所，後來，每年到了元宵夜，少女們便準備些祭品，到廁所前祭拜，祈求自己的手藝更清湛。

效顰（ㄒㄧㄠˋ ㄆㄧㄣˊ）

解釋

比喻沒有衡量本身條件，盲目的仿效他人，因而得到反效果。效，模仿。顰，皺眉。

例句

她年紀也不小了，卻愛模仿少女講娃娃音，難免引來效顰的批評。

近義

生搬硬套、東施捧心、東家效顰、邯鄲學步、醜女效顰

公告

「效顰」、「邯鄲學步」都是講盲目模仿，不過前者側重模仿後得到反效果，後者側重模仿後失去自己原有的優點，例如：「他一味的模仿影帝的演戲風格，結果自己本來很討喜的搞笑技巧，反而退步，還被人嘲笑是邯鄲學步。」

用途多多的樹

《詩經．小雅．小弁》中有「維桑與梓，必恭敬止」的詩句，意思是說，桑樹與梓樹，是父母和祖先所種植的樹木，做子孫的必須恭敬的加以對待。

古時候，由於桑樹和梓樹具有很高的食用價值：桑樹的葉子可以用來養蠶取絲，果子可以用來食用和釀酒，某些部分還可以製成藥材❶。至於梓樹的木材則是用來製作車板、樂器等用具的好材料❷。所以人們常在居家旁邊種植這兩種樹木，將來留給子孫取用。

因此，早期農業社會的鄉里，總是隨處可見桑樹與梓樹❸。後來，大家以「桑梓」一詞，來作為故里、家園的代稱。

你知道嗎？

❶中藥「桑白皮」就是桑樹的根皮，去除雜質後洗淨、切絲、晒乾製成，具有瀉肺平喘、利水消腫、鎮痛降壓等作用。

❷梓樹木質輕軟不易腐朽，也常被用來做棺材。

❸桑、梓因為生長快速，也是生命的象徵，多被栽種在墓地。

桑梓（ㄙㄤ ㄗˇ）

解釋

古時候居家旁常栽種桑樹用來養蠶，栽種梓樹用來製作器具。後來以「桑梓」代指故鄉。

例句

他出錢出力，致力於家鄉建設，可以說功在桑梓。

近義

故里、故鄉、家鄉、家園、梓里、梓鄉、鄉里

反義

他鄉、異地、異鄉

公告

桑梓，是「故鄉」的代稱。而「喬梓」是指喬木和梓木。喬木包括了松樹、柏樹、楊樹，枝幹高大。梓木，木質優良，不易腐朽，可供建築、製作家具、樂器等。後比喻父子。另有「杞（ㄑㄧˇ）梓」一詞，是指杞木、梓木兩種用途廣的樹木，藉以比喻有用的人才。

從桃木板到春聯

傳說上古時代有對兄弟神荼、鬱壘，住在東海的度朔山上。他們常站在大桃樹下檢閱百鬼，遇到害人的孤魂野鬼，就用繩索綁起來，丟去餵老虎。人們相信神荼、鬱壘能抓鬼避邪，所以用兩塊桃木板立在門旁，畫上兩人的畫像，或寫上名字，用來鎮邪❶。而桃木板就被稱為桃符。

五代蜀國國君孟昶在一年除夕，命令學士幸寅遜在桃符上題字，幸寅遜題字後，孟昶不滿意，便親自寫了一副對聯：「新年納餘慶，佳節號長春。」這正是最早的春聯。

明太祖朱元璋建都金陵後，由於他很愛寫對聯，就下令所有人，除夕時都要在門上貼春聯❷。

你知道嗎？

❶這也是門神的由來。據說門神位置是固定的，反貼的話會不吉利。自古以來，人們都在左門上貼神荼（讀作ㄕㄨ），右門上貼鬱壘（讀作ㄌㄩˋ）。

❷據說有一戶閹豬人家，來不及寫春聯，朱元璋恰巧經過，就寫了「雙手劈開生死路，一刀割斷是非根」對聯送給他，傳為佳話。

桃符 ㄊㄠˊ ㄈㄨˊ

解釋

畫有神荼和鬱壘畫像或寫上其姓名的桃木板。後來，桃符即指春聯。桃，桃木。

例句

現在已經很少看到桃符，而多是寫在紅紙上的春聯。

近義

春聯、對聯

公告

桃符，是「春聯」的代稱。至於「鬼畫桃符」一詞，是指古時人們在桃木板上書寫類似狂草的文字，然後釘在大門兩旁，用來驅邪避鬼。因為文字很潦草，不容易辨認，後來人們就用「鬼畫桃符」來譏笑人的書畫潦草、拙劣。

靠「泰山」升官

一年，唐太宗在東嶽泰山舉行封禪大典（祭天的儀式）。封禪官由一位叫張說的官員擔任。照規定，封禪後，三公❶（指位階最高的三個官位）之下的官吏都可以升官一級。

不過，這次封禪後，張說的女婿鄭鎰❷的官位，卻跳了很多級。唐玄宗不解的問鄭鎰說：「你為什麼一下子從九品官升到五品官❸呢？」鄭鎰答不出來，官員黃旛綽說：「這完全是『泰山』的力量啊！」

黃旛綽不好意思說鄭鎰升官是岳父操弄的結果，因此用了一語雙關的「泰山」一詞——明的是指舉行封禪典禮的東嶽泰山，暗的是指鄭鎰的岳父張說。後來人們就將「泰山」作為岳父的代稱。

你知道嗎？

❶周朝以太師、太傅、太保為三公。西漢以大司馬、大司徒、大司空為三公。東漢以太尉、司徒、司空為三公。唐、宋沿東漢之制，明、清沿周制，但名稱相同，實質已不同。

❷鎰，讀作一ˋ。

❸古代官分九品，唐時每品又各分正、從。

泰山（ㄊㄞˋ ㄕㄢ）

解釋

山東省最高的山嶽。後作為岳父的別稱。

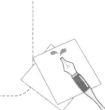

例句

妻子的娘家大小事務都由泰山作主。

近義

丈人、岳父、岳丈

反義

女婿、半子、東床

公告

「泰山」一詞，除了是岳父的代稱，也是山名或人名，例如：「有眼不識泰山」。其中「泰山」指的是春秋名工匠魯班的弟子，工藝精巧。後比喻認不出地位崇高或本領大的人。而「重於泰山」、「安如泰山」，是讚美對方像泰山一樣有分量，穩定牢固有如泰山。

眾所仰望的人物

泰山，山東省最高的山，也是中國的五嶽[1]之首，古人常以泰山作為高山的代表。

北斗，是天空的星宿之一，位在北方，由七顆明亮的星星[2]排列成斗型，是人們辨別方向的重要標誌[3]。古時候，「泰斗」被喻指是學術或藝文界深具聲望、受人景仰的人物。

唐朝傑出的文學家韓愈，善長寫詩和散文。韓愈認為當時許多人寫的文章缺乏真摯的情感，所以大力倡導古文運動。許多文學家都非常景仰韓愈，尊稱他為泰斗。

你知道嗎？

❶中嶽嵩山、東嶽泰山、西嶽華山、南嶽衡山、北嶽恆山合稱五嶽。

❷即天樞、天璿、天璣、天權、玉衡、開陽、瑤光七星。

❸古人也依據斗柄所指的方向來區分季節：斗柄指東為春；斗柄指南為夏；斗柄指西為秋；斗柄指北為冬。

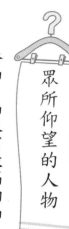

泰斗 ㄊㄞˋ ㄉㄡˇ

解釋

泰山是五嶽之首，北斗星是最明亮的星星。泰斗，比喻深負眾望或學問高深，受大家景仰的人物。

例句

他是文學界的泰斗，享譽國際。

近義

山斗、斗山、泰山北斗

反義

爝火微光

公告

泰斗，也寫成「泰山北斗」，強調對方德高望重，受眾人愛戴景仰。而「梁柱」一詞，本指支撐橋梁的柱子，後比喻棟梁之材，與「泰斗」的詞義不一樣，例如：「他的專業技術一流，是公司的棟梁，深受老闆倚重。」

戴官帽，不能聊天

東晉時，皇帝下令朝廷官員要戴上黑紗製成的帽子，叫烏紗帽[1]。南朝劉宋時，有一個人叫劉休仁，創新做成一種用黑紗抽邊的帽子，也稱為烏紗帽；當時這種帽子造成流行，不論是官員還是平民，都可以戴烏紗帽。

隋朝時，烏紗帽成為區分等級的標誌。隋朝的文獻上記載：朝廷文武官員有四種服裝，烏紗帽上的玉飾也根據官位高低有所不同[2]。宋太祖趙匡胤為了防止官員上朝時交頭接耳，下令在烏紗帽兩邊各加一尺多長的翅[3]，並裝飾了不同的花紋來代表不同的官階。

明朝時，烏紗帽成了只有官員才能戴的專利品。後來也被用來代指官位。

你知道嗎？

1. 起初是用藤編成帽子的雛型，再以草莖當襯裡，表面蒙上紗後再上漆。由於紗經過塗漆後輕便堅固，後來便不用藤編帽胎和草莖當襯裡。而直接以紗來製作。
2. 一品官帽上有九塊玉，二品有八塊，以此遞減，六品以下就不准裝飾玉了。
3. 因為一講話，帽翅就會搖晃甚至相互碰落，很容易被皇帝發現。

烏紗帽（ㄨ ㄕㄚ ㄇㄠˋ）

解釋

用烏紗為材料製成的帽子。明代開始將烏紗帽定為官帽，後也用來代指官職。

例句

他因為貪汙而丟了烏紗帽。

近義

烏紗、紗帽

公告

「紗」、「沙」二字音同義異。紗，用棉花、麻等紡成的細絲，可以合成線或織成布，例如：棉紗。沙，指細碎的石粒。也寫作「砂」，例如：沙土、沙灘、飛沙走石。

你唱我演的搞笑藝人

清朝時，北京有對很會表演的兄弟，哥哥叫黃大笑，弟弟叫黃二笑。兄弟倆最善長表演笑話，也因此被慈禧太后召進宮中當御用藝人。有一年，慈禧太后過生日，下令兩兄弟表演笑話。

不巧，前一天，哥哥黃大笑的嗓子突然啞了。兩兄弟害怕他們如果不能如期演出，恐怕性命難保。兄弟倆拚命想辦法，總算想出一個解決方案：由弟弟在椅子後說說唱唱，哥哥坐在椅子上配合說唱的內容比手畫腳。沒想到，慈禧太后看了非常高興。

由於這是黃氏兄弟獨創的，所以稱為「雙黃[1]」。後來人們因為這是一種曲藝，而把「黃」改成代表樂器簧片的「簧」。

你知道嗎？

[1] 關於「雙黃」一詞，還有另一種說法：有個唱單弦的知名藝人叫黃輔臣，當時以七十多歲高齡被召進宮中，已經無法演唱。他就彈弦做口形，由兒子躲在他袍子下面代唱。後來慈禧太后知道了，就賜予「雙黃」的名字。

唱雙簧（ㄔㄤˋ ㄕㄨㄤ ㄏㄨㄤˊ）

解釋

雙簧是一個人表演動作，另一個人藏在背後說說唱唱的曲藝。人們用唱雙簧比喻一搭一唱，互相搭配應合。

例句

兄弟倆唱雙簧，想要說服媽媽讓他們騎單車環島旅行。

近義

應和、一搭一唱

反義

各說各話

公告

「雙簧」一詞，本來叫「雙黃」，因是曲藝的一種，後改叫「雙簧」。至於「二簧」則是戲曲調名，也叫「湖廣調」。因為源自於湖北省的黃岡、黃陂（讀作ㄆㄧˊ），所以有了這樣的稱呼。

楚莊王的野心

鼎是我國青銅文化的代表，傳說夏禹鑄造了九個寶鼎❶，作為傳承帝位的重要器物。

春秋時，楚莊王出兵討伐外敵❷，並在周朝疆域檢閱軍隊❸。周天子派遣王孫滿前去慰勞，楚莊王向王孫滿詢問，代表國家權力的九個寶鼎，它們的輕重和大小狀況如何❹。

王孫滿對楚莊王說：「一個人並不是因為擁有寶鼎，而是因為擁有仁德和威望，才能夠得到天下。假如國家的統治者具有美德、善行，那就算擁有的鼎很小，別人也搬不走；如果國家政治紊亂，就算擁有的鼎很大，還是保不住。現在周天子仍然受到大家的敬重，周朝還會繼續昌盛下去，所以現在還不到問鼎輕重的時候。」

你知道嗎？

❶當時劃分天下為九州，以一鼎象徵一州，將它們集中於國都，九鼎就成了王權的象徵。

❷指陸渾戎人，居於今中原豫西河南省洛陽嵩縣。

❸檢閱軍隊這個動作，含有濃厚的示威意味，所以引起周天子關切。

❹楚莊王詢問寶鼎一事，表示他有取代周天子統領天下的企圖。

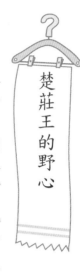

問鼎（ㄨㄣˋ ㄉㄧㄥˇ）

解釋

本指貪圖王位，以不當的手段謀取政權。後也指爭取最高的榮譽、地位。

例句

這回的手球比賽，由我們班問鼎的機率很高。

近義

覬覦、染指於鼎、楚莊問鼎、潛圖問鼎

公告

「鼎」，可以用來比喻宰相等高位，例如：鼎輔，指人臣中最高的三個官階。另外，「鼎」在福建方言中是鍋子的意思，「鼎間」意為廚房，「鼎蓋」意為鍋蓋。「鼎」還可以當作形容詞，意思是「大」，例如：鼎力，力氣大的意思。

牛的耳朵作用大

古代諸侯互相締結盟約❶時，會舉行一種儀式。儀式當中，有人把牛的耳朵割下來，裝在珠盤裡，交給主持結盟儀式的盟主，由他捧著祭拜天地。接下來，盟主將牛血塗在嘴巴❷旁邊，其他一起結盟的人也跟著照做。

這是用來表示向天地鬼神發誓，每個人都要說話算話，絕對不會違背立下的盟約；如果違背誓言，沒有實踐自己的承諾，將受到天地鬼神的處罰，像被殺的牛一樣遭遇死亡的命運。

結盟的儀式中，「牛耳」是由盟主所執，所以人們將「執牛耳」用來代表居於領導地位的人。後來，經過變化，也用來指冠軍或第一名。

你知道嗎？

❶先秦時代，諸侯之間為協調彼此關係，會舉行「會盟」，包括：約定共尊周天子、維護宗法秩序、停止戰爭、達成經濟或軍事上的合作等等。

❷這種儀式叫做「歃（讀作ㄕㄚˋ，喝的意思）血」，用來表示彼此的誠意。

執（ㄓˊ）牛（ㄋㄧㄡˊ）耳（ㄦˇ）

解釋
指人在某個範疇居於領導地位。亦有冠軍、第一的意思。

例句
經過長時間的努力，他終於在音樂界中執牛耳，馳名海外。

近義
冠軍、第一、獨占鰲頭。

反義
名落孫山、敬陪末座

公告

漢語詞語中，義指第一名的除了「執牛耳」，還有「鰲頭」。唐、宋時翰林學士朝見皇帝時，站在刻有巨鰲的殿階石正中央，所以人們稱入翰林院為「上鰲頭」，後比喻居首位的意思。

摘下官帽的人

漢朝末年，北海的亭長逢萌因為家裡貧困，而前往長安做生意。到了那裡後，他聽說王莽為了專權，殺掉❶了自己的兒子。

他對眼前的社會完全失去信心，於是向親友說：「三綱❷已經不存在了，我再不離開的話，也要遭受到災難。」於是他將亭長的衣服、帽子掛在城門上，然後帶著家人渡海到遼東去了。

古時候，做官的人所戴的帽子，是官階的標誌，不同的官所戴的帽子皆不相同；若是被人除去帽子是被罷官，自己除去帽子則是辭官。後來人們便將「掛冠」用來表示自動辭去官職。

你知道嗎？

❶王莽的長子王宇勸諫他不要對付漢平帝的外戚衛氏家族，王莽不聽，後來不但狠心毒殺王宇，還借機誣陷、誅殺衛氏一族。接下來，又除掉很多政敵和反對自己的人，並把此事美化成「大義滅親」。

❷傳統社會的道德標準，即君臣、父子、夫婦各自應守的本分。

掛冠 ㄍㄨㄚˋ ㄍㄨㄢ

解釋

比喻辭官，後來泛指主動辭去職務。冠，帽子。

例句

他因為和公司的經營理念不合，經過考量，決定掛冠而去。

近義

挂冠、挂衣冠

反義

求官

公告

「掛冠」與「桂冠」的詞意完全不相同。「桂冠」，是指月桂葉編成的環狀物，可以戴在頭上。古代希臘人會授予優秀的詩人或競賽勝利者一頂桂冠，後來歐洲人便以桂冠來代表榮譽。

「殺」的功夫要道地

早期還沒有發明紙張時，人們將文字寫在竹簡❶上。但是，竹子的表面很光滑，不好寫字，因此人們將竹片放在火上烤過，好方便書寫，同時達到防止蟲蛀的效果。烤竹片的過程就叫「殺青」。

當時人們校正書籍時，會將初稿寫在竹青上，如果寫錯了字，可以塗改。等到文字完全定稿，則削去竹青，把定稿的文字寫在竹子殺去青皮的部分❷，或謄寫在絹帛上。這削去竹青的動作也叫「殺青」。後代以此泛指繕寫定本或校刻付印。

另外，製作綠茶時，第一個步驟是將摘採下的嫩葉，放在高溫的鍋中或滾筒裡拌炒❸，以防止茶葉裡的酵素發酵，使茶葉保持原有的綠色，並使水分蒸發方便揉捻，這步驟也稱為「殺青」。

你知道嗎？

❶今日所發現的竹簡，主要是戰國、秦漢、三國時的產物，最晚到西晉。

❷竹子去青皮後，可書寫的部分叫「竹白」。

❸殺青的方式很多，常見的有金屬導熱（釜炒）、空氣導熱（蒸青）等。而殺青過程必須依照茶葉的品種、嫩度（含水量）、採摘季節等作調整。

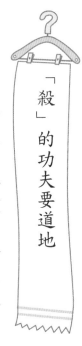

殺青（ㄕㄚ ㄑㄧㄥ）

解釋

古代製作竹簡，須先用火烤，使竹子冒出水分，再刮去青皮，好方便書寫並防蟲咬，這程序叫「殺青」。後來引申為書籍定稿、著作完成，或電影、電視劇拍攝完工。

例句

這部電影可說是慢工出細活，共花了八年才殺青。

近義

完成、竣工、大功告成

反義

起始、開始

公告

「殺」是多音字，讀作ㄕㄚ、ㄕㄞˋ。讀作ㄕㄚ時，有使人或動物結束性命、搏鬥、削減的意思，例如：殺傷、殺害；殺出重圍、殺入敵營；殺價、殺一殺對方的銳氣。讀作ㄕㄞˋ時，有衰敗的意思，例如：隆殺。

叫客卿滾回家

秦王嬴政當上皇帝時才十三歲，所以實際的權力掌握在丞相呂不韋手上。呂不韋從各國招聘許多賢明的人士，來作為他的門客❶。

後來，嬴政漸漸長大，到了二十二歲那年，宮廷發生一場叛變，牽連到呂不韋。嬴政認為呂不韋的勢力太大，就趁機逼迫呂不韋自殺。呂不韋倒臺後，秦國一些貴族王侯紛紛議論了起來，認為一些從各國到秦國當官的人，不會真心想為秦國做事，而是來當間諜的。

嬴政聽到這些言論，覺得很有道理，因此下了一道「逐客令❷」，打算把從其他國家到秦國任職的客卿統統趕出去。

你知道嗎？

❶當時呂不韋招來了文人學士，編成一部二十多萬言的書，並將其公布在國都城門上，若有人覺得內容不妥，能增刪一字，就獎勵千金。這就是「一字千金」的典故。

❷秦始皇下了「逐客令」後，李斯針對此事寫了一篇〈諫逐客書〉，說明從前各國強盛都是因為任用客卿，也讓秦王取消逐客的命令。

逐(ㄓㄨˊ)客(ㄎㄜˋ)令(ㄌㄧㄥˋ)

解釋

以明示或暗示的方式，驅趕客人。逐，驅趕。

例句

他總是藉機到朋友家白吃白喝，時間久了，朋友就對他下逐客令。

近義

趕走、驅逐

反義

迎接、歡迎

公告

「逐客令」與「閉門羹」的詞意不太相同。前者強調趕客人離開，不願意讓對方留下來。後者強調拒絕求見，例如：「他挨家挨戶的推銷新產品，不料，總是吃閉門羹。」

幫忙送信的魚和雁

以前的信封是兩塊魚形的木板，中間夾著書信。秦漢時有首詩：「客從遠方來，遺❶我雙鯉魚；呼兒烹鯉魚，中有尺素書……」詩中的雙鯉魚是指鯉魚形狀的信封，而「呼兒烹鯉魚」的意思，是叫兒子將纏住魚型木板的繩子解開。因此，人們將「魚」當成書信❷的代表。

根據傳說，漢朝的蘇武出使匈奴，遭到扣留❸。多年後漢朝與匈奴互結姻親，漢要求匈奴釋放蘇武，匈奴人卻謊稱蘇武已經死了。漢朝的使者對匈奴人說，漢天子打獵時，射中一隻大雁，雁腳綁了一封蘇武寫的血書，說他正在匈奴國受苦。匈奴不得已，只好放了蘇武。這則是以「雁」作為書信代稱的典故。

你知道嗎？

❶遺，讀作ㄨㄟˋ，贈送。

❷中國古代的書信也叫「尺牘」。因為當時書寫用的竹（木）簡或絹帛長約一尺，因而得名。牘，用來書寫的木板。

❸匈奴單于想脅迫蘇武投降，把他派到北海牧羊，說要等公羊生小羊才讓他回國，就這樣被扣留了十九年。

魚雁

解釋

古時候雁可以傳遞書信，而書信又常夾在魚形的木板內，所以人們將魚雁作為書信的代稱。

例句

他們雖然相隔遙遠，但是藉著魚雁往返，維繫了彼此的情感。

近義

信件、翰札、簡牘、

公告

魚雁的「雁」，須留意別寫成燕子的「燕」。另外關於魚雁的用法有兩個相對的詞語：一、「魚雁不絕」，指書信往來頻繁；二、「魚雁沉沉」，比喻音訊全無。「魚雁沉沉」一詞，與形容女子容貌美麗的「沉魚落雁」完全不同，小心不要混淆了。

沒事不會找上門

三寶殿泛指佛殿。佛教中的佛、法、僧，叫做三寶。三寶殿，即是佛教寺院中佛、法、僧三個主要的活動場所。

「佛」是供奉著「佛」菩薩，讓信徒前往參拜的地方❶；「法」則為珍藏著佛「法」經典的地方❷；而「僧」，即讓「僧」侶，也就是和尚休息睡覺的地方❸。

但是，有不少人平常不會前往佛殿燒香拜佛❹，只在遇到困難，沒辦法解決，才會想跟神佛祈求，希望神佛庇佑自己，渡過難關或解決問題。所以，人們就用「無事不登三寶殿」，形容一般人平常很少往來，等到發生事情，要拜託別人協助時，才到別人家裡拜訪、求助。

你知道嗎？

❶即大殿、正殿，是寺廟的核心。

❷即藏經閣。

❸即禪房，除了供僧尼靜修，也是講經的場所。

❹上香時，把點燃的香插在香爐裡，第一支插在中間，代表敬佛；第二支插在右邊，敬法；第三支插在左邊，敬僧。

無事不登三寶殿

解釋

指沒有事拜訪對方幫忙時，不會上門拜訪，聯絡情感。三寶殿，佛教寺院中佛、法、僧三個主要的活動場所。殿，指高大的廳堂。

例句

他向來無事不登三寶殿，沒事時，根本看不到人影，有事相求時，走動得可勤快呢！

公告

「無事不登三寶殿」一詞，也可以當做客氣的用語。當我們去採訪工作上繁忙的人，便常用來表達「打擾了」的意思，例如：「真不好意思，我無事不登三寶殿，又來拜託您了。」另外，「殿」，須留意不要寫成床墊的「墊」喔！

躲在高樓等待機會的將領

三國時代群雄並起，公孫瓚❶占據了幽州❷（約今河北一帶），發展的空間很大。

在接二連三的戰爭中，公孫瓚卻一直吃敗仗❸，雄心壯志也消磨殆盡。於是，他找到易守難攻的易京當據點，蓋了很堅固的堡壘。堡壘外有十道塹壕，裡頭填起很多座高大的土丘，上面再建築高樓，自己就住在最堅固的高樓裡。他又在堡壘中儲存三百萬斛的米糧，準備休養生息，直到天下大勢穩定。

有人問公孫瓚為什麼這麼做，他說：「當初我以為平定天下，像唾掌（吐口水在手掌上）那麼簡單。但從現在的局勢看來，卻不是這樣。所以不妨暫時退守，等待時機。」

你知道嗎？

❶曾討伐烏桓有功。後來在東漢獻帝初平四年（西元一九三年）殺了原本的幽州刺史劉虞，占據幽州。

❷當時天下劃分為冀州、兗州、青州、徐州、揚州、荊州、豫州、雍州、梁州、幽州、并州、交州、司隸十三個行政區。

❸烏桓峭王、劉虞的兒子劉和與袁紹兵聯合，破公孫瓚於鮑丘，殺二萬餘人。

唾手（ㄊㄨㄛˋ ㄕㄡˇ）

解釋

比喻事情像往手上吐口水那麼簡單。唾，吐口水。

例句

這件事像唾手那麼容易，你何必操心？

近義

易如反掌、探囊取物、輕而易舉

反義

荊天棘地、移山填海、談何容易

公告

「唾手」、「垂手」、「拿手」三者的詞義不同，必須辨別清楚。「唾手」一詞，意同「桌上拿柑」，強調事情很簡單。而「垂手」，指雙手垂下來，表示恭敬的意思。「拿手」，有善長的意思，也就是絕活，例如：「她最拿手的是義大利菜。」

無辜被殺的羊

舊約聖經中，記載上帝為了考驗亞伯拉罕的忠誠度，於是叫他帶著獨生子以撒到指定的地方，並要他殺了以撒獻給上帝。

正當亞伯拉罕舉起刀要殺以撒時，一個天使出現了，極力的阻止，「現在我知道你是敬畏上帝的。」後來亞伯拉罕從樹林裡抓來一隻小公羊，代替他的兒子獻給上帝❶。

中國古代，也有羊代替牛受過的記載。《孟子》一書中，就寫到梁惠王看到有人牽著牛經過，於是詢問對方要把牛帶去哪裡。牽牛的人回答要將牛殺了，取牠的血為鑄好的新鐘進行塗鐘儀式❷。梁惠王看到牛發抖得很厲害，起了憐憫心，就命令那個人殺羊來代替殺牛。

你知道嗎？

❶《舊約聖經》也記載，當時若有人犯了罪，可以用一隻沒有殘疾的母山羊為供物，宰殺後獻給上帝。表示自己的罪過已經由這隻羊代受。

❷這種用血來塗抹鐘的儀式叫「釁」。周朝禮儀認為鐘是寶器，所以新鑄好的鐘需要塗上牛羊的鮮血，以表示對神的敬畏。

替罪羊 ㄊㄧˋ ㄗㄨㄟˋ ㄧㄤˊ

解釋

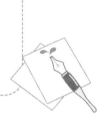

指替人承受罪孽的羔羊。比喻代人受罪者。

例句

正直的人會對自己的言行負責，不會找無辜的人當替罪羊。

近義

代人受過、代罪羔羊、替罪羔羊

公告

「替罪羊」與「頂替」意思不同。前者偏重於受冤枉的替死鬼，莫名奇妙的承擔別人的罪罰。後者偏重於假冒他人的姓名，代替別人做事，或竊取其權利地位，例如：「他找人冒名頂替，領走鉅額獎金。」

通過考驗變神龍

龍門，是個地名，位在黃河上游山西省和陝西省的交界[1]。龍門的龍門山跨立在黃河兩岸，隔著河道，峭壁對立。這段的黃河被龍門山所阻，所以水流非常湍急。

傳說，每年到了春末即將進入夏初之際，黃河下游的黃鯉魚會逆流而上[2]，群聚在龍門山口往上跳躍。如果黃鯉魚能夠跳過龍門，就會召來雲雨和天火[3]，燒掉魚尾巴，幻化成騰雲駕霧，遨遊天際的神龍。

科舉時代，人們必須透過考試得到官位。然而，科舉考試的難度非常高，成功機率就像鯉魚跳過龍門一樣微乎其微。於是，人們便將考試及第，順利取得功名，稱為「登龍門」。

你知道嗎？

❶ 即晉陝大峽谷最狹窄的部分，也叫禹門口。

❷ 據科學家研究，通常魚逆流而上，是為了到適合的環境產卵。

❸ 指因雷電交加，引起的猛烈大火。

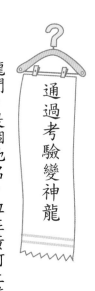

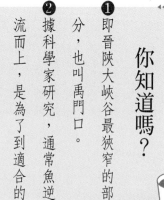

登龍門 ㄉㄥ ㄌㄨㄥˊ ㄇㄣˊ

解釋

比喻金榜題名或獲名望者的接待和提拔，而提高身價。

例句

只有勤奮不懈的努力，才能夠登龍門。

近義

及第、登科、金榜題名、麻雀變鳳凰

反義

名落孫山

公告

「登龍門」一詞，含有恭賀的意味。對別人金榜題名或身分地位提高，寄予深切的祝福。至於「攀龍附鳳」，則含有輕蔑的意味。對別人因為依附有權勢者，而擁有名聲，感到很不以為然，非常瞧不起。

神童背後的推手

宋朝的賈黃中，五歲時已經飽讀群書，六歲時，考童子科❶考試獲得錄取，十五歲考中進士。當時，大家都稱他為「神童❷」。

事實上，賈黃中並不是天才，他所以表現傑出，是因為父親從小就督促他勤奮讀書。賈黃中的父親叫賈玭❸，他很注重兒子的教育，從賈黃中年幼時，每天就教他誦讀一段課文。教課前，賈玭會叫賈黃中立正站好，然後展開書卷，以賈黃中的身高為準，用來決定今天應該讀到哪一篇的哪一行。

後來，人們將閱讀的書籍數量很多，堆積起來像身高一樣高，稱為「等身書」。

你知道嗎？

❶唐朝規定十歲以下能通曉經學的人，才可以參加此科考試。宋朝改為十五歲以下能通曉經學、吟詩作賦的人，應試後給予身分並授官職。

❷中國古代被稱為神童的人很多，例如：十二歲為上卿的甘羅、秤大象的曹沖、唐朝詩人王勃和楊炯，還有元好問、紀曉嵐等等。

❸玭，讀作ㄆㄧㄣˊ。

等身書（ㄉㄥˇ ㄕㄣ ㄕㄨ）

解釋

比喻所閱讀的書籍或本身的著作很多。

例句

他因經年累月的閱讀和筆耕不輟，博得「等身書」的雅稱。

近義

著作等身、精通文翰、學富五車

反義

不學無術、胸無點墨、腹笥甚窘

公告

等身書的「等身」，意為像身高一般高，比喻數量很多，並不是指所讀的書或所寫的著作，堆起來要和身高一樣高。另外，「等身金」一詞，也同樣是推估的方式，指數量相當多的金子。

絆倒敵人報大恩

春秋時晉國有個人叫魏武子。他年老生病時，曾交代兒子魏顆說，等他死後，要讓他的寵妾改嫁。後來魏武子的病情愈來愈嚴重，他又改變說法，叫兒子要讓寵妾陪葬。

魏武子去世後，魏顆認為父親病危時神志不清，交代的事情不能當真，所以就讓父親的寵妾改嫁了。後來，晉國與秦國打仗❶，魏顆帶兵應戰，和秦國的大力士杜回對陣時，突然出現一位頭髮花白的老人，將地上的草打結，絆倒了大力士所騎的馬，讓魏顆輕易俘虜了大力士，漂亮了打贏戰役❷。

那天晚上，魏顆作了一個夢，夢見那位老人告訴他，他是魏武子寵妾的父親，因為魏顆救了自己女兒一命，他才在死後代替女兒報恩。

你知道嗎？

❶史稱「輔氏之戰」（在今陝西大荔縣）。秦桓公趁晉景公派兵攻打潞氏之狄（是北方狄人勢力最強大的部族），幫助黎國取回被狄人侵占的土地並立國君的時候，進犯晉國。

❷這次獲勝，鞏固了晉國在黃河以西的地區，魏顆也因功被晉國君主封於令狐（在今山西）。

結草 ㄐㄧㄝˊ ㄘㄠˇ

解釋

1. 以茅草編結，建造簡陋的屋子。
2. 比喻死了以後不忘報恩。

例句

1. 他在深山結草為廬，過著自給自足的隱居生活。
2. 對於你的恩情，我一定結草回報。

近義

2. 知恩報恩、結草銜環

反義

2. 忘恩負義、知恩不報、恩將仇報

公告

「結草」，是指死後報恩。而「銜環」一詞，是說一個叫楊寶的人救了黃雀，黃雀後來銜來白玉環報恩，指活著報恩。這兩個詞語常連用為「結草銜環」，比喻一直到死都不忘感恩圖報。至於「結縷草」，是指一種細根會互相纏結的草本植物。

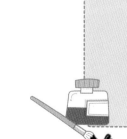

頭髮打結不分離

中國古代舉行婚禮，有一種「結髮」的儀式。就是訂婚時，女孩子會在頭髮繫上五彩絲帶❶，到了結婚那天，新郎進入洞房後，必須親手解下新娘頭上的絲帶，這樣「結髮」的儀式才算完成。

到了唐宋時期，結婚當天，新郎、新娘被送入洞房，兩人坐在床上，人們幫忙把新郎左邊的頭髮剪下一小部分，再把新娘右邊的頭髮也剪下一小部分，並且合綰❷成同心結的髻❸，象徵新郎、新娘的兩心相繫，永不分離。這種儀式稱為「合髻禮❹」。

由於這種「合髻禮」只用於第一次結婚，所以，後來人們就將「結髮❺」作為元配妻子的代稱。

你知道嗎？

❶五彩絲帶是許嫁的標誌。

❷綰，讀作ㄨㄢˇ，繫結。

❸當時的習俗，須把這個髻和新娘的花一起拋在床底。

❹漢朝時如果妻子早逝，丈夫會把結婚時的梳子折成兩半，一半陪葬，一半帶著妻子的幾縷頭髮留存，表示不忘結髮之情。

❺「結髮」也指束髮，代表成年。古代男子二十歲束髮，戴上禮帽。

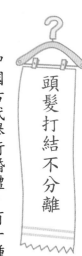

結髮 ㄐㄧㄝˊ ㄈㄚˇ

解釋

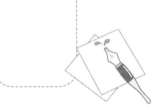

比喻最先婚配的夫妻。

例句

結髮為夫妻，恩愛兩不疑。

近義

結髮夫妻、綰角兒夫妻

公告

「結髮」，是指最先婚配的夫妻。而「結髮事師」，是說從幼年開始就跟從老師學習。其中的「結髮」，不是指結婚時男女剪下一部分頭髮，綰成同心結，是指束髮，頭髮綁起來的意思。

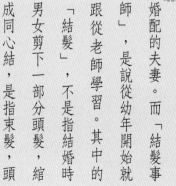

魯班和墨子的模擬戰爭

戰國初年，楚惠王擴大軍隊，想取得霸權。惠王第一個目標是宋國。為了求勝利，他聘請魯國工匠魯班擔任大夫，研發出一種攻城的車子，幾乎可以高達雲端，稱為「雲梯❶」。

其他國家聽到楚國擁有雲梯，很擔心受到楚國攻打而滅亡，特別是被列為頭號攻擊對象的宋國。當時的學問家墨子，很反對發動戰爭❷，所以當他知道宋國處境危險，立刻去求見魯班和惠王，並在惠王面前和魯班模擬攻守。但是，不論魯班用什麼方法攻，墨子總有辦法破解。

後來，魯班的招術用盡了，墨子卻還有其他守城的方法，惠王只好放棄用雲梯攻打宋國的念頭。

你知道嗎？

❶據研究，當時雲梯的構造底部有方便移動的車輪，梯身可調整角度架在城牆上，梯頂則有鉤狀物，可以鉤住城邊並保護雲梯不被守軍破壞。

❷墨子大力提倡「兼愛」學說（沒有等差的博愛）、「非攻」，試圖勸阻君王為了野心，發動戰爭。

雲梯（ㄩㄣˊ ㄊㄧ）

解釋

1. 古代攻城的工具，現在指消防隊用於高樓救火的梯子。
2. 比喻昇天成仙的道路。

例句

1. 雲梯是高處救援的重要工具。
2. 人們都傳說義賊廖添丁登上雲梯，成了仙人。

近義

1. 雲梯車

公告

「雲梯」與「天梯」的意思並不相同。「天梯」一詞，是指裝置在高度比較高的建築或設備上的長梯，也可指傳說中，用來登天的梯子。

夢得到卻摸不到的財富

唐朝時，一位窮困的盧姓書生，在客棧遇到一位呂姓道士。盧生對道士感嘆自己人生不得意。後來盧生感到疲倦，這時客棧主人正在蒸煮黃粱❶飯，道士拿了一個枕頭給盧生，說：「你睡一覺，就能如願得到榮華富貴。」

盧生睡著後，夢到娶了崔氏❷人家的千金小姐，而且仕途順利，擁有良田、宅第、婢僕和馬匹，並一直活到很老才死去。盧生夢醒後，道士仍在身邊，黃粱飯也還沒有煮熟呢！

他驚訝的問道士，說：「難道那些榮華富貴，只是虛幻的夢境嗎？」道士回答：「人一生所追求的，不過就是一場夢而已。」後來，人們以「黃粱夢」比喻榮華富貴終歸泡影。

你知道嗎？

❶黃粱就是粟（小米），為中國北方普遍栽種的糧食作物，其蛋白質、維生素和脂肪含量都比白米高。

❷南北朝到隋唐時候有五個最顯貴的大姓，分別是博陵、清河的崔氏，范陽盧氏，趙郡、隴右的李氏，滎陽鄭氏，太原王氏。當時，人們以娶「五姓女」為榮。

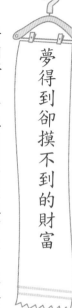

黃粱夢 ㄏㄨㄤˊ ㄌㄧㄤˊ ㄇㄥˋ

解釋

比喻富貴榮華就像夢一樣短暫而虛幻。

例句

榮華富貴不過像黃粱夢一般，醒來就消失得無影無蹤，又有什麼好戀棧呢？

近義

富貴如浮雲、富貴草頭露、富貴一場春夢

公告

「黃粱」是雜糧名，為米部的「粱」，不是木部的「梁」。「黃粱夢」與「人生如戲」的意思相近，但前者強調功名富貴的短暫；後者比喻人生就像一齣戲，似真似假，毋須太計較得失。

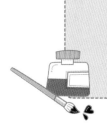

在老虎脖子上掛鈴鐺的人

南唐時，金陵有個清涼寺，寺裡有位泰欽法燈禪師，他性格豪放，平時不太拘泥於遵守戒規❶，因此，寺內的和尚都覺得他沒什麼了不得。不過，清涼寺的住持法眼禪師卻對他相當器重。

有一天，法眼講經說法時，詢問寺內的和尚說：「誰能把繫在老虎脖子上的金鈴解下來？」大家都回答不出來。這時法燈剛巧走過來，法眼又向他提出這個問題。法燈立刻回答道：「只有那個把金鈴繫到老虎脖子上面的人，才能夠把金鈴解下來。」

法眼聽了，認為法燈很能領悟佛教教義❷，便當眾稱讚了他。後來，「解鈴還須繫鈴人」這句話，就用來表示問題必須由製造問題的人去解決。

你知道嗎？

❶佛教徒必須守戒律，據說最初戒律的制定，是因為佛陀看弟子越來越怠惰，無法傳揚佛法正道，所以只要他們犯了什麼錯，就列成一條戒律。

❷為讓佛理更容易理解，所以佛陀經常用「譬喻」的方式來說法，後代僧人傳法也多用比喻。

解鈴還須繫鈴人

解釋

指難題還是得由製造問題的人去解決。

例句

解鈴還須繫鈴人，你誣陷別人，還是得由你去化解。

近義

解鈴繫鈴

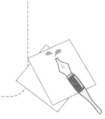

公告

「鈴」與「玲」音同形近，容易混淆。鈴，是一種金屬製成的響器，多呈球形或半形球。而「玲」屬不能單獨使用的字，常與「玲瓏」組成詞語，形容細緻精巧、靈活敏捷的樣子。

不能超越的界線

東晉時，鎮守曆陽的將軍蘇峻聯合別的勢力去攻打首都建康❶。平南將軍溫嶠獲知消息，請求主管官員庾亮，允許他率兵從小路進入建康保衛首都。

庾亮認為蘇峻的力量不大，倒是荊州刺使陶侃比較可能造成威脅，所以不同意溫嶠率兵護衛建康。庾亮還對溫嶠勸說：「吾憂西陲（暗指荊州），過於曆陽，足下無過雷池❷一步也。」意思是：「蘇峻成不了氣候❸，陶侃才最令人擔心，你必須留在原地，不要越過雷池一步。」

由於這個典故，「不能越雷池一步」這句話廣為流傳，表示做事不可超越一定的界限和範圍。

你知道嗎？

❶蘇峻原本就有野心，當時庾亮本想騙蘇峻離開曆陽到首都作官，結果反而使蘇峻起疑，起兵造反。

❷據研究，雷池，即今湖北黃梅縣與安徽宿松縣交界的的龍感湖。

❸事實證明庾亮判斷錯誤，首都因而失陷，後來靠著溫嶠幫忙，才殺掉蘇峻。

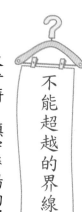

雷池（ㄌㄟˊ ㄔˊ）

解釋

原本是河川名稱，後來指不可逾越的範圍或界限。

例句

只要做好嚴密的防禦措施，敵軍就不敢越雷池一步。

近義

界限、範圍

公告

「雷池」一詞，和「範圍」、「界限」意思相近，但是強調的重點不太相同。「雷池」偏重於不可以逾越的涵義。至於「範圍」、「界限」強調在一個限制內，例如：「這是本次的考試範圍。」、「這片樹林形成一個天然界限。」

孔子夢裡頭的人

周公是西周的政治家，為西周制定完備的典章制度。春秋時的孔子認為西周的社會盡善盡美，周公成為他心目中敬仰的人物，以致於他常常夢到周公。

後來，孔子在魯國從政，決心效法周公，建立重文化、尚禮樂的國家[1]。可惜，遭到當權者的反對。孔子被迫離開魯國，周遊列國，大力宣傳、推行自己的主張，卻依然處處碰壁[2]，只好又無奈的返回魯國。

這時候，他已經年老體衰，因而感嘆道：「甚矣吾衰也！久矣吾不復夢見周公！」意思是說，「我衰老得多麼厲害啊！好久沒有夢見周公了！」於是人們將「夢周公」，作為緬懷先賢的代稱，後來又泛指睡覺、作夢的意思。

你知道嗎？

[1] 當時，周王室影響力衰弱，諸侯多僭越禮制，針對這樣的現象，孔子希望能設法恢復周文化的精神價值。

[2] 孔子曾周遊衛、曹、宋、鄭、陳、蔡、葉、楚等各國，卻都沒有受到重用，甚至在匡、宋、蒲等地還遇到危險。

夢周公（ㄇㄥˋ ㄓㄡ ㄍㄨㄥ）

解釋

本表示緬懷先賢，後泛指作夢、夢境或睡覺。

例句

這場演講的內容太無聊，以至於很多聽眾都夢周公去了。

近義

作夢、睡覺

反義

清醒

公告

「夢周公」與「莊周夢蝶」雖都有作夢義，涵義卻不相同。「莊周夢蝶」一詞，是指莊子夢到自己變成蝴蝶，醒來後才知道自己仍然是莊子。喻意人生變幻無常。

項斯，厲害啦！

晚唐時期，有位很有才氣的詩人，叫項斯。有一天，項斯帶著作品去拜見❶當時的文教長官楊敬之❷。儘管楊敬之的地位很崇高，但對於項斯的求見，並沒有拒絕。他與項斯見面後，很賞識對方，並寫了一首詩送給項斯。

原來，楊敬之曾經看過項斯的作品，十分欣賞，與項斯交談後，覺得他品格高尚，因此更為推崇。楊敬之的個性一向不會隱藏別人的優點，所以遇到人就說項斯的好話，大力推荐他❸。

果然，項斯在第二年便順利考中進士。楊敬之逢人說項的故事，也因此傳為千古佳話。

你知道嗎？

❶當時人們在考試前，常把自己的作品先送給社會名流評賞，希望能獲得他們的推荐，打響知名度，這種現象叫「溫卷」。

❷楊敬之擔任「國子祭酒」，就是國子監（全國最高學府，也是主管全國教育的機關）的最高長官。

❸楊敬之曾經作〈贈項斯〉讚美他，「……平生不解藏人善，到處逢人說項斯。」

說項（ㄕㄨㄛ ㄒㄧㄤˋ）

解釋 稱讚別人或替人說情。項，指項斯。

例句 他回國後，靠著老師說項，才獲得現在這個教職。

近義 稱頌、說情、講情、讚美、讚揚

反義 批評、詆毀、唾罵、毀謗

公告

說項，也可以寫成「代人說項」或「逢人說項」。「逢人說項」本指一遇到人，就稱揚自己所欣賞的對象。但是，演變到後來，只要稱揚別人的優點、長處，並不一定遇人就講，仍可稱作「逢人說項」。

黃雀化身來報恩

東漢時，有個人叫楊寶。他九歲時，一次到山上去，在那兒發現有一群鴟梟攻擊一隻黃雀，黃雀受了傷，摔落在樹下，全身爬滿螻蟻，正準備把黃雀拖回巢穴當食物。

善良的楊寶，連忙救起黃雀，帶回家救治，還用黃花細心餵食。經過三個多月，黃雀的傷勢痊癒，便飛走了。一天晚上，楊寶夢見一個黃衣童子，說他是西王母的使者，為了感謝楊寶的救命之恩，所以銜來四只白玉環送給他，希望楊寶的後世子孫品德清白如玉，並能夠做高官❶。

後來楊寶一家四代，果真都成了漢朝的名臣❷。由於這個故事，「銜環」也就成了報恩的代稱。

你知道嗎？

❶指位登三公（東漢以太尉、司徒、司空為三公）。

❷楊寶的兒子楊震、孫子楊秉、曾孫楊賜、玄孫楊彪，都做到太尉的高官，而且「能守家風，為世所貴」，是當時的望族。

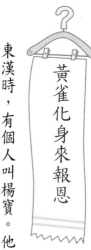

銜環 ㄒㄧㄢˊ ㄏㄨㄢˊ

解釋

指生前報恩。環，白玉環。

例句

他對我恩重如山，我感念在心，將來有機會一定銜環報恩。

近義

知恩報恩、知恩報德、感恩圖報

反義

忘恩負義、過河拆橋、過河抽板

公告

「銜環」、「結草」都有報答別人恩情的意思。但前者強調生前報恩，後者強調死後報恩。「銜環」、「結草」二詞常連用，寫成「銜環結草」或「結草銜環」，泛指生前受他人恩惠，至死依然惦記在心，找機會報答。

痛罵曹操祖宗的陳琳

三國時，袁紹和曹操敵對。袁紹命令手下陳琳，寫了一篇聲討曹操的文章❶，把曹操罵得狗血淋頭，甚至連曹操的祖宗也一起罵上了。曹操看了文章，不但沒生氣，還十分欣賞陳琳的才氣。

後來，曹操打敗袁紹❷，設法把陳琳聘請來為自己做事，讓他負責軍國大事等重要文件的起草工作。有一天，曹操與陳琳談話，便趁機問陳琳：「你以前為袁紹工作，寫文章罵我。你罵我一個人也就夠了，為什麼連我的祖宗也罵進去呢？」

陳琳漲紅了臉答道：「那是袁紹命令我寫的，我就像是弦上的箭，想不發射也不行呀！」

你知道嗎？

❶ 文中指出，曹操的祖父曹騰不過是個「傷化虐民」的宦官，而曹操的父親曹嵩則是靠賄賂得到官位的養子。陳琳這樣寫的作用在貶低曹操身世，與世代望族的袁紹對比。

❷ 「官渡之戰」中曹操以少勝多，大敗袁紹，使對方元氣大傷，也奠定了日後曹操統一北方的基礎。

箭在弦上，不得不發

解釋

比喻受情勢逼迫，不做也不行。

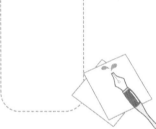

例句

這件事情已經箭在弦上，不得不發，就算後悔也來不及了。

近義

逼不得已

反義

自覺自願

公告

「箭在弦上，不得不發」一詞，其中的「箭」是指弓箭，須留意別寫成刀劍的「劍」。這句諺語也可以寫成「矢在弦上，不得不發」，強調在無法作主，被人逼迫下，只好勉強行事。

變調的親密關係

戰國時代，魏國的范睢被秦昭王聘請去當宰相，很受昭王賞識和信任。不過，燕國的蔡澤一心一意想取代范睢的地位，於是勸范睢急流勇退。

他對范睢說，歷史上有數不清的例子，都是賢明的臣子為主上竭盡所能，貢獻心力，與主上關係非常緊密，但最後竟遭到被主上殺害的命運。像秦惠王殺了商鞅，楚悼王殺了吳起，越王句踐殺了大夫種……蔡澤更提到，以范睢與昭王目前的膠漆關係，也不能保證范睢將來不會被殺❶。

蔡澤百般勸說，意思就是要范睢將宰相的大位讓出來給他❷。由於這個典故，後來人們便用「膠漆」來形容人們之間的關係非常緊密。

你知道嗎？

❶范睢曾因忌妒而害死秦國名將白起，他的親將鄭安平又投降敵人、親信王稽與諸侯私通，秦昭王雖然沒有處罰范睢，但是范睢也失寵了。

❷後來范睢極力向秦昭王推荐蔡澤，自己稱病辭官，蔡澤順利當上宰相。

膠漆（ㄐㄧㄠ ㄑㄧ）

解釋

比喻情感非常的親密濃厚。

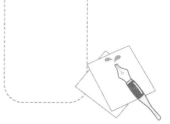

例句

我們自小一起長大，感情有如膠漆。

近義

親密、親昵、親暱

反義

生疏、疏間、疏遠

公告

「水乳交融」和「膠漆」，都比喻關係密切。不過，「水乳交融」偏重於相處融洽，例如：「他倆在工作上水乳交融，默契十足。」至於「膠漆」一詞，是強調關係緊密，恩恩愛愛，例如：「夫妻倆的感情有如膠漆，整天形影不離。」

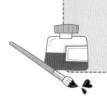

敢對秦王嗆聲的藺相如

戰國時，秦王❶想用十五座城池換取趙國的稀世美玉和氏璧❷。趙王詢問藺相如的意見。

藺相如主張送和氏璧到秦國去，並說：「如果沒有合適人選，我願意帶著和氏璧出使。秦國如果依照約定，我就把和氏璧留在秦國；如果不依照約定，我會將和氏璧完好的送回來。」

藺相如帶著美玉到了秦國，發覺秦王不是真心想用城池交換和氏璧，於是趁秦王欣賞和氏璧時，藉口說璧上有瑕疵，要指給秦王看。等和氏璧回到手上，他立刻後退靠著柱子，氣得頭髮豎立，頂起帽子，說秦王既然採用欺騙手段，他只好把自己的頭和璧玉一起撞碎在柱子上❸。這就是「衝冠」的典故。

你知道嗎？

❶提秦昭襄王。

❷和氏璧原本一直是楚國國寶，楚威王時，把他賜給功臣昭陽令尹，卻在一次宴會中被偷走，後來輾轉來到趙國。

❸藺相如後來偷偷派人把和氏璧送回趙國，自己也全身而退。直到後來秦滅了趙國，和氏璧才落入秦王手中。

衝冠 ㄔㄨㄥ ㄍㄨㄢ

解釋

氣得頭髮豎起，把帽子都衝上去了。形容極為憤怒的模樣。冠，帽子。

例句

他因為被誹謗，氣得怒髮衝冠。

近義

咬牙切齒、怒氣衝天、怒髮衝冠、眥裂髮指、髮上指冠

反義

心平氣和、平心靜氣

公告

「衝」與「沖」音同義異。衝，讀作ㄔㄨㄥ時，有交通要道、朝特定的地方或目標快速猛闖的意思，例如：首當其衝，衝鋒。讀作ㄔㄨㄥˋ時，有朝著的意思，例如：面衝大海。沖，是單音字，有用開水澆、向上升的意思，例如：沖茶、一飛沖天。

周瑜失算了

這是中國小說與戲曲中著名的橋段。描述三國時代，蜀國的諸葛亮和東吳的周瑜，為了爭奪荊州[1]而互相鬥智。

周瑜為了奪取荊州，想出一個計策，也就是把主上孫權的妹妹[2]嫁給劉備。周瑜盤算這樣一來，劉備就會來到東吳，他們也可以趁機將劉備關進大牢，逼迫他交出荊州。

可是，萬萬沒想到，這個計謀被諸葛亮識破。周瑜無機可乘，劉備也順利娶得美人歸，而且婚後還過得十分幸福。周瑜這個計謀不但沒得到荊州，反而讓孫權的妹妹被娶走，同時更折損了許多兵將。這就是「賠了夫人又折兵」的典故。

你知道嗎？

❶約在今湖北、湖南一帶，是當時的戰略要地，赤壁之戰後，荊州被瓜分，行成三國各占三郡的局面。

❷正史中並未記載孫權這位妹妹的名字。《漢晉春秋》說叫孫仁獻，《三國演義》中說叫孫仁，元雜劇《隔江鬥智》說叫孫安，京劇《甘露寺》（龍鳳呈祥）說叫孫尚香。

賠了夫人又折兵

解釋

比喻不但沒占到便宜，反而吃了大虧。

例句

他貪小便宜，結果買到贓貨，真是賠了夫人又折兵。

近義

吃虧、損失

反義

獲利

公告

「賠」與「陪」音同義異。賠，有補償、虧損、向人道歉的意思，例如：賠償、賠本、賠禮。只有道歉認錯義時，「賠」才通「陪」，其他不可以。陪，有隨同做伴、從旁協助的意思，例如：陪伴、陪審。

歐陽脩喝酒，別有用心

北宋的大文學家歐陽脩自號醉翁。歐陽脩曾經擔任滁州的太守❶。滁州有座琅琊山，山上有一潭叫作「釀泉」的清泉；「釀泉」的旁邊有個涼亭，據說是山裡一位叫智僊的和尚所建造，歐陽脩將亭子命名為「醉翁亭❷」。

歐陽脩常邀請朋友到亭子聚會飲酒。有一天，他靈感湧現，寫下〈醉翁亭記〉，其中有「醉翁之意不在酒，在乎山水之間也」的句子。意思是說：在這樣的地方喝酒，我的心思並不放在美酒上，而沉醉於四周的好山好水中。

後來，「醉翁之意不在酒」這句話，並不限定飲酒時意在山水美景，而是比喻「別有用心」。

你知道嗎？

❶當時范仲淹提出政治改革（史稱「慶曆新政」），由於觸犯官僚權益，遭到守舊派反對，使革新派人士相繼被貶，歐陽脩也因此被貶到滁州。

❷醉翁亭被後世文人封為「四大名亭」之首。四亭分別為：醉翁亭、陶然亭，愛晚亭、湖心亭（或蘭亭）。

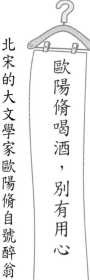

醉翁之意不在酒

ㄗㄨㄟˋ ㄨㄥ ㄓ ㄧˋ ㄅㄨˋ ㄗㄞˋ ㄐㄧㄡˇ

解釋

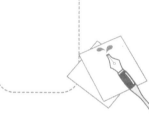

比喻另有居心。

例句

把酒言歡之間，他是醉翁之意不在酒，想盡快簽下合約。

近義

別有用心、項莊舞劍

反義

表裡如一

公告

「醉翁之意不在酒」一詞，本是指大文豪歐陽脩在暢飲時，更陶醉於美景中。當時的「醉翁」，是指歐陽脩本人，後來因詞義被用來比喻人別有企圖，所以「醉翁」成了喝酒的人，帶有負面義，例如：他對那位富家女獻殷勤，是醉翁之意不在酒，覬覦她的錢財。

項羽的戰術NO.1

秦朝末年，各諸侯國[1]起來反抗朝廷暴政。

有一次，朝廷出兵攻打趙國，趙國的處境非常危險，其他諸侯國雖然派出兵力，前往鉅鹿救援趙國，可是，救援軍只敢躲在軍營裡觀看，不敢出兵跟朝廷軍隊對陣。唯獨楚軍，因為領軍的項羽把回國所需搭乘的船隻，都沉進水裡，而且只留下足夠軍隊食用三天的糧食，所以只能前進，無法後退[2]。果然，勇往直前的楚軍勢如破竹，把秦軍打得落荒而逃[3]。

戰爭結束後，項羽召見各諸侯國的將領，大家震懾於項羽的氣勢和魄力，都臣服於他。

你知道嗎？

❶秦統一後，對原來的山東六國（韓、趙、魏、楚、燕、齊）之地施行高壓統治，秦末政治黑暗，終於爆發變亂，一些原先沉潛在民間的各國勢力藉機復國。

❷這段歷史故事，為成語「破釜沉舟」的由來。

❸史稱「鉅鹿之戰」，是消滅當時秦國主力的決定性戰役。

壁上觀（ㄅㄧˋ ㄕㄤˋ ㄍㄨㄢ）

解釋

在軍隊的營壘觀看別人交戰。比喻袖手旁觀，不給任何一方協助。後稱置身事外、坐觀成敗為作壁上觀。壁，軍隊的營壘。

例句

這件事我無能為力，只能作壁上觀。

近義

坐觀成敗、冷眼旁觀、袖手旁觀

反義

打抱不平、拔刀相助、挺身而出、排難解紛

公告

「壁」與「璧」音同義異。壁，指牆壁，或像牆一樣陡峭的山石，例如：壁畫、懸崖峭壁。璧，古時候一種中間有孔的扁平圓形玉器，泛指美玉。例如：璧玉。或比喻美好的，例如：璧人。而「壁上泥皮」一詞，是說妻妾的身分卑微，就像壁上的泥土，剝落後，還可以更換新土，一點也不受重視。

猴子都跑光了

南宋時的曹詠，依附當時的宰相秦檜，因此官運亨通，就連他家鄉的人也都跑來巴結他，偏偏他的大舅子厲德斯不肯奉承他，讓他很生氣。厲德斯在曹詠的家鄉擔任里長，曹詠為了報復，要厲德斯的長官對他百般刁難，厲德斯卻一直不屈服。

後來秦檜死了，依附他的人也跟著失勢❶。厲德斯寫了一篇〈樹倒猢猻❷散賦〉，派人送給曹詠。將秦檜比喻為大樹，而像曹詠這樣依附秦檜的人，就像樹上棲息的猴子，大樹一倒，猴子們也跟著四散。

果然不久後，曹詠就被貶到遠方，還死在那裡。後來「樹倒猢猻散」就被用來比喻有權勢的人一旦失勢，依附者也跟著散去。

你知道嗎？

❶秦檜原本策劃讓自己的兒子秦熺繼承宰相位，一路拔擢，後來卻被宋高宗連同他的孫子秦塤（讀作ㄒㄩㄣ）、秦堪一起免官。

❷有一種樹叫「猢猻木」，原產於非洲，樹幹肥大，耐旱長壽。因為果實是猴子愛吃的食物，所以又叫「猴麵包樹」。

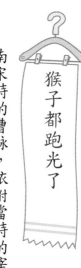

樹倒猢猻散
ㄕㄨˋ ㄉㄠˇ ㄏㄨˊ ㄙㄨㄣ ㄙㄢˋ

解釋

比喻有權勢的人一旦失去權勢，依附他的人也就散了。

例句

俗諺說：「樹倒猢猻散」，他一破產，那些酒肉朋友也全不見蹤影。

近義

樹倒鳥飛

公告

「樹倒猢猻散」一詞的「猢猻」，是猴子的別名，二字都屬「犬」部。另外，有一個與「猢猻」相關的歇後語，叫「叫花子沒有猢猻」，指光桿一個，比喻不受任何拘束，無牽無掛。

昆蟲也會收養小孩嗎？

螟蛉，是螟蛾的幼蟲。螟蛾有綠色的身體，專門以水稻、玉米等農作物的莖部為食物，對農作物為害很大，是農人非常討厭的害蟲。

另外，有一種體形很像蜜蜂、腰很細、身體為青黑色昆蟲，叫做蜾蠃❶；蜾蠃會用泥土在樹枝上築巢，並捕食害蟲，有益於農作物的生長。蜾蠃常捕捉的害蟲之一是螟蛉。牠們捉了螟蛉回去養在窩裡，並把卵產在螟蛉身上，等卵一孵化，就以螟蛉為食物獲取養分❷。

然而，古時候的人觀察不夠精確，誤以為蜾蠃不會自己生小孩，於是把螟蛾的小孩——螟蛉帶回去，當作自己的孩子養育。因此，他們就以「螟蛉」作為養子的代稱。

你知道嗎？

❶蜾蠃是一種寄生蜂。

❷通常寄生蜂會麻痺獵物，等幼蜂孵化時，就吸吮牠的組織液為食。因為獵物還活的，所以不會腐爛，滋生細菌危害幼蜂健康，又因為事先麻痺，也可以避免獵物掙扎時，弄傷了幼蜂。

螟蛉（ㄇㄧㄥˊ ㄌㄧㄥˊ）

解釋

義子的代稱。

例句

他雖然是個螟蛉子，不知道自己親生父母是誰，卻從來不自怨自艾。

近義

義子、養子

反義

親生骨肉

公告

「螟蛉」與「名伶」音同義異。前者泛指棉蛉蟲、菜粉蝶等多種鱗翅目昆蟲的幼蟲，後為養子的代稱。而後者是指享有盛名，受歡迎的戲曲演員。例如：「梅蘭芳是我國的名伶，演技備受肯定。」

誰能比我更好學

晉朝的車胤，從小就很好學。但是，三餐不繼的他連油燈的油也買不起，晚上，家裡常黑漆漆。一個夏夜，車胤在院子裡，就著外頭的微光背誦文章。突然，他發現有螢火蟲飛舞，點點螢光❶讓他心裡一亮。他捉了好幾隻螢火蟲，放進白絹袋子裡，雖然光線不是很亮，卻勉強可以當作閱讀的光源。之後，車胤就靠著螢光在夜晚讀書。

另有一個人叫孫康，因為家裡貧困，沒有錢買油燈，感到很苦惱。有一天，他發現夜裡積雪所映出的光線❷，可以取代油燈，於是，忍著嚴寒，到外頭就著積雪苦讀。

後來，人們就以故事中出現的螢火蟲和積雪，將「螢雪」比喻為勤學苦讀。

你知道嗎？

❶根據研究，螢火蟲發光是螢光素和酵素的氧化還原反應。不同螢火蟲發出的光色、頻率和時間有所不同，只有同類才能辨認發光信號的意義。

❷雪地若反射日光，可能使人的視網膜因遭受強烈刺激而暫時失明，稱為「雪盲症」。

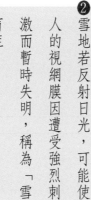

螢雪

解釋

比喻努力求學，發憤苦讀。螢，囊螢，指古時候車胤藉著螢火蟲的亮光讀書；雪，映雪，指古時候孫康在夜晚利用雪光照明讀書。

例句

「螢雪」是車胤和孫康苦讀的故事，他們的精神值得大家學習。

近義

好學、苦學、勤學

公告

螢雪，又稱為「囊螢映雪」、「囊螢積雪」、「集螢映雪」、「照螢映雪」、「聚螢映雪」。「螢」與「瑩」同音異義。螢，螢火蟲，昆蟲名，體色黃褐色，末端有發光的器官，能發出光，喜歡在夜間活動。瑩，光潔而明亮的樣子，例如：晶瑩。

射箭冠軍的獎勵

幾千年的商朝、周朝，就已經出現錦標這類的東西。相傳，在商朝、周朝之間，人們很喜歡進行射箭的活動，也經常舉辦射箭❶比賽。

當時，有一種官吏叫「司常」，每回射箭比賽產生優勝者時，就負責頒給優勝者獎品：一面掛在竹竿上，用旄牛尾巴和彩色的鳥羽毛所製作而成的旌旗，當作他們獲得榮譽的標章。只不過，當時並沒有「錦標」這個詞。

一直到漢朝、唐朝以後，人們改以錦緞製成炫麗多彩的旗幟，並命名為「錦標❷」。

你知道嗎？

❶古時有「射禮」，分為大射（天子為選擇參加祭祀者所舉行）、賓射（諸侯來朝或諸侯互相會見時舉行）、燕射（宴飲時舉行）、鄉射（官員舉荐賢士時舉行）。

❷錦標是唐代競渡活動中取勝的標誌，由今日龍舟賽的「奪標」（搶奪插在水面中的旗子），能一窺當時的情況。

錦標（ㄐㄧㄣˇ ㄅㄧㄠ）

解釋

用錦緞製作而成的標旗，用來獎賞獲勝者。

例句

為了獲得體育競賽的錦標，大家都卯足了勁練習。

近義

獎狀、獎盃、獎牌

公告

「錦標」，是指用來獎賞比賽獲勝者的標旗。而「精神錦標」是指參賽者並沒有獲得優勝，但是精神可嘉，故特別頒發，用來鼓勵選手的特殊獎章或錦旗。

你，不能知道我的名字！

唐朝時，朝廷以科舉考試來選拔人才。不過，這種制度到後來逐漸形成一股歪風，也就是一些有錢有勢的人，常常賄賂或對主考官施壓，要他們為自己加分❶，以達到錄取的目的。

武則天掌理朝政時，覺得這歪風如果持續下去，讓一堆昏官當政，國家將會走上衰敗的路途。所以，她決心改革，傳下聖旨，宣布科舉制度的最高級——殿試❷。考生試卷上的名字必須封住，讓主考官在不知考生是誰的狀況下來批閱卷子，等閱卷結束，才能揭開糊紙。這就是「彌封」。

現在一些重要的考試，為了求取公平，也會採取彌封的方式。

你知道嗎？

❶唐代科舉除了看考試成績，也會參考考生平時的作品以及名聲。因此考生常會在考試前，先拿作品給在當時政壇、文壇上有地位的人評賞，稱為「溫卷」（行卷）。但是，也有人用賄賂的方式。

❷由皇帝親自在大殿中主持的考試。

彌封（ㄇㄧˊ ㄈㄥ）

解釋

將考卷上的姓名、編號用紙密封起來，不讓閱卷的人知道是誰的考卷。

例句

全國教師甄試的考卷都經過彌封，以防止舞弊。

近義

封彌

公告

「彌封」與「密封」，是音同義異。「密封」是把東西嚴密的封住，例如：「這些自製的果醬，吃不完要密封起來以保持新鮮。」另有「封題」一詞，指科舉考試時，為了保密，將考題封緘在函套裡頭。

不想娶公主的美男子

東漢光武帝時，有位大臣叫宋弘。他為人正直，很受光武帝的賞識。光武帝有位姊姊湖陽公主❶，因為丈夫過世而守寡。光武帝很想幫姊姊物色一位適當的人選再婚，於是問湖陽公主有沒有中意的對象。

湖陽公主說，她看上的只有宋弘❷。但是，宋弘已經有妻子了，於是光武帝召見他，試探性的問：「有人說，當人顯貴了，就會換朋友；當人一有錢，就會換妻子。你對這種論調有什麼看法呢？」宋弘說：「微臣只知道，貧賤時所結交的朋友不可以忘記，一起吃糟糠共患難的妻子不可以離棄。」

光武帝聽了，知道宋弘不可能娶湖陽公主，就放棄湊合這段姻緣。

你知道嗎？

❶湖陽公主仗著弟弟是皇帝，驕縱蠻橫。有一次她的家僕仗勢殺了人，她還一味包庇，不讓當時的洛陽令董宣逮捕那個家僕治罪。

❷宋弘不僅長相俊秀，而且為官清廉，而且為國家推舉很多人才，包括桓譚、馮翊、桓梁等三十多人。

糟糠（ㄗㄠ ㄎㄤ）

解釋

比喻貧困時患難與共的妻子。

例句

他雖然發達了，但對共患難的糟糠，始終不離不棄，兩人很恩愛。

近義

糟糠妻、貧賤糟糠

公告

糟，指酒滓；糠，指穀皮。關於「糟糠」一詞的成語、諺語還包括：「不棄糟糠」，指不厭棄貧賤時共患難的妻子。「糟糠不厭」，是形容生活非常貧苦。「糟糠之妻不下堂」，是說不能拋棄共患難的妻子。

獵豔，其實不好色

「獵豔」一詞源於南朝梁・劉勰《文心雕龍・辨騷》：「才高者菀❶其鴻裁，中巧者獵其豔辭」。劉勰這句話是針對當時人們寫文章喜歡模仿《楚辭❷》的現象，指出才華高的人，可以取抉到《楚辭》的鴻篇大義；僅有小技巧的人，卻一味的追求綺麗詞藻。

「豔」，除了形容華麗、美好，也可以指美麗的女子。後來，「獵豔」一詞，是形容搜求女色就像獵人追逐獵物般，瞄準了就緊追不捨。

另外，還有一個同義詞「漁色」，是形容人貪戀女色，凡是看中的美女，一個也不放過，就像落進漁網的魚，統統帶走。

你知道嗎？

❶ 菀，讀作ㄨㄢˇ，即「挽」，取的意思。

❷《文心雕龍・辨騷》討論的對象，不限於屈原的〈離騷〉，也包括《楚辭》中的其他作品。文中列舉前人對〈離騷〉的評論，再提出自已對《楚辭》的意見，肯定其成就，也指出對後代作者的影響，最後則總結創作騷體的原則。

獵豔（ㄌㄧㄝˋ ㄧㄢˋ）

解釋

1. 搜求華美的文辭。
2. 追求女色。

例句

1. 從這篇文章中獵豔搜奇，可以摘錄出許多佳句。
2. 那位紈褲子弟，不求上進，每晚盡是跑夜店獵豔。

近義

1. 求其麗辭　2. 逐色、漁色

公告

「獵豔」與「獵彥」音同義異。獵彥，義近「鐵網珊瑚」，都有網羅有才德的人的意思。彥，指才德出眾的俊才、賢士。一個是負面的好色，一個是正面的惜才，兩者差別很大。

比隱形斗篷還神奇的葫蘆

東漢時，汝南一帶有個市場，管理員費長房❶常在裡頭走動，注意到有位很特別的老先生，他用竹竿掛著葫蘆，賣藥給生病的人。

費長房也發現那些人對老先生的評價很高，說他的藥十分有效。但令人疑惑的是，老先生每回賣完藥，就跳進自己所帶的葫蘆❷中，消失不見了。費長房知道老先生一定是仙人，於是找到機會，誠心的拜老先生為師。

老先生見費長房很有心，就答應收他為徒弟。費長房學成後❸，便像老先生一樣懸壺行醫救人。後來中國的醫生便常在店門口或腰間懸掛葫蘆。

古人傳說中神仙的葫蘆，既可以裝藥救人，還可以居住，比《哈特波特》的隱形斗篷還神奇呢！

你知道嗎？

❶隋朝還有另一位費長房，精通佛學與諸子百家，曾被隋文帝徵召入京，擔任翻經學士。

❷據說葫蘆中有日月星辰、大地、樓閣等，這也是「壺中天地」的由來。

❸據說費長房本為求仙，卻因為沒有通過老仙人的考驗，所以沒有得道。

懸壺 ㄒㄩㄢˊ ㄏㄨˊ

解釋 本指賣藥的人，後泛指醫生。常與「懸壺濟世」連用。

例句 他從小就想當個懸壺濟世的醫生。

近義 大夫、郎中、醫師

反義 病人、病患

公告

「懸壺」和「郎中」都指醫生，但是，現今講「郎中」常帶有負面義，例如：江湖郎中。本指搖著串鈴四處流浪或擺地攤賣藥的人。後譏人醫術不精湛，哄騙人買藥罷了。

窮農夫的寶物

從前，宋國❶有個農夫，他很窮，冬天只能穿著填了亂麻的衣服，勉強抵禦寒冷，到了春耕時分，就獨自晒太陽取暖。

他不知道天底下有寬廣大廈和暖室可以住，也不知道天底下有絲綿袍和皮裘可以穿。有一天，他對妻子說：「晒太陽的溫暖，沒人知道，我如果把這個方法獻給國君，一定會得到重賞。」

同鄉的富人聽到他想把晒太陽的方法獻給國君，告訴他說：「從前有個人把野菜推薦給有錢人吃，有錢人吃了，不是嘴巴痛，就是拉肚子。大家因此譏笑他，罵得他羞愧不已。你啊，跟他就是同一類人。」這個「野人獻曝」的故事，即「獻曝」一詞的由來。

你知道嗎？

❶先秦寓言除了「野人獻曝」外，「守株待兔」、「揠苗助長」、「宋人寶燕石」等故事中做蠢事的主角都是宋人。因為宋國是殷商的後代，所以遭到歧視，而經常被用來當做蠢人的代表。

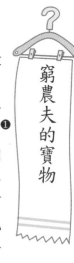

獻曝

解釋

比喻見識短淺，把很尋常的事物當作很珍奇，而且以為別人也會欣賞、重視。

例句

這些建議只是我野人獻曝，請別見笑。

近義

見識淺短、孤陋寡聞

反義

見多識廣、見聞廣博、博古通今

公告

「獻曝」一詞常與「野人獻曝」連用，除了比喻知識淺薄，沒有見解外，還可以用來謙稱自己貢獻微薄，例如：「我只是野人獻曝捐點個人的收藏品罷了，還懇請大家不要見笑。」

孟子，你不要再說了

有一次，孟子❶對齊宣王❷說：「如果大王的臣子要到遙遠的楚國，將他的妻子、兒女託付給朋友照顧。可是等他回來時，卻發現自己的妻兒正在挨餓受凍。那麼，他應該怎麼做呢？」齊宣王回答：「跟那個朋友絕交啊！」

孟子接著說：「如果有一位執法的長官，沒辦法管理好自己的屬下，那麼，應該如何是好呢？」齊宣王說：「把這個人撤職。」

孟子又說：「如果一個國家，政績敗壞，得不到良好的治理，又該怎麼辦呢？」齊宣王知道孟子在影射他，於是扭頭張望左右的侍從，還說起別的事情。

這就是「顧左右而言他」的由來。

你知道嗎？

❶齊宣王喜歡招攬文士與說客，加以封賞，當時騶衍、淳于髡、慎到等七十多人都集中在齊國，孟子、荀子、告子等也都曾長住齊國。

❷據說齊宣王的皇后鍾離春（也叫鍾無豔、無鹽）長得很醜，卻大膽勸諫齊宣王應改革圖強，因此被立為皇后。

顧左右而言他

ㄍㄨˋ ㄗㄨㄛˇ ㄧㄡˋ ㄦˊ ㄧㄢˊ ㄊㄚ

解釋

因為不想正面回答或回應別人所提的問題，而轉移話題。顧，看的意思。

例句

請你針對題目回答，不要再顧左右而言他了。

公告

「顧左右而言他」一詞，偏重於不想回應，刻意躲避別人所提的問題。而「吞吞吐吐」，偏重不知道怎麼回應，或有所隱瞞，以至於說起話來結結巴巴。兩者的詞意略有不同。

叫我第一名

唐宋時期，用科舉考試來拔擢人才，擔任各種官職。當時，皇宮大殿前的石階正中央，有一塊石板，上頭雕刻著精細的龍和大海龜。經由科舉制度考中狀元❶的人，在向皇帝行禮的時候，必須獨自站在這塊石板上頭❷。

因為這個緣故，人們便將「鰲頭」作為第一名的代稱。另外，「冠軍」也和「鰲頭」相同，都是指第一名。而冠軍的典故也來自中國。

戰國時，楚國有一位大將叫宋義。他驍勇善戰，建立了很多戰功，是楚國所有將領中的第一名，將士都稱他為「卿子冠軍」。後來，經過演變，人們用「冠軍」來代稱第一名。

你知道嗎？

❶狀元是科舉最後一關考試中得到第一名者，第二名叫榜眼，第三名叫探花。

❷據說有這樣的規定，是因為主管文運的神明「魁星」的形象，就是拿著筆和斗，意氣風發的站在鰲頭上面。所以也讓狀元站在鰲頭上，稱為「獨占鰲頭」。

鰲頭（ㄠˊ ㄊㄡˊ）

解釋

比喻競賽當中的冠軍。

例句

大家拚命的練習，就是為了在競賽中獨占鰲頭。

近義

冠軍、桂冠、第一名

反義

吊車尾、名落孫山

公告

鰲頭的「鰲」也寫成「鼇」，是古時候傳說中，海裡能背負著山的大龜或大鱉。古時候，有關鰲的詞語，都與朝廷有關，例如：鰲宮，指帝王所居宮內的宮殿，因宮殿的石製臺階鐫刻著巨鰲，所以有此名稱。鰲圖，指翰林院和龍閣圖，都是古代中央的重要機構。

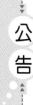

給周代的樂舞按個讚

春秋時，吳國的公子季札出使到魯國。當時魯國保留了周代各地的樂曲和歌舞。對於音樂和舞蹈頗有研究的季札，要求欣賞周代的樂舞❶。

當樂工表演到舜時的樂舞〈韶箾❷〉時，他讚嘆的說：「舞蹈中表現了舜完美、偉大的德性，就像天空覆蓋萬物，大地承載萬物。即使有更偉大的風範，也無法再超越了，我欣賞到這裡就已足夠，如果還有其他樂舞，我也不敢說要觀賞了。」「觀止」一詞從這裡演變而出，用來讚美事物好到極點。

後來清代有部古文選本，所選的文章題材廣泛、風格多樣，讓人看了可以了解古代散文的大致風貌，因此編者將書名定為《古文觀止》。

你知道嗎？

❶孔子在齊國也曾聽到美妙的《韶樂》，因為深深被吸引，竟然好長一段時間吃肉都感覺不出味道。這就是「聞韶忘味」、「三月不知肉味」的由來。

❷箾，讀作ㄕㄨㄛˋ，古代舞者跳舞時，所拿的竿子。

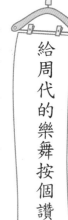

觀止（ㄍㄨㄢ ㄓˇ）

解釋

表示所看到的事物已經到達盡善盡美的程度。

例句

太魯閣的景色教中外遊客嘆為觀止。

近義

至矣盡矣、無與倫比

反義

自鄶以下

公告

「觀止」一詞，具有正面義，只用來表示褒揚，例如：「這件藝術品的雕功令人嘆為觀止。」這樣的寫法是正確的。若是負面的行為，就不宜用觀止，例如：「你每天窩在家裡打電動，實在太懶了，令人嘆為觀止。」這樣的寫法是錯誤的，可以把「嘆為觀止」改成「受不了」。

詞在有意思2 項羽，分杯羹給我吧！／

周姚萍著. -- 初版. -- 臺北市：五南，民 100.12

面；公分.--（悅讀中文；2）

ISBN 978-957-11-6469-4（平裝）

1.漢語　2.詞源學　3.通俗作品

802.18　　100020284

國家圖書館出版品預行編目資料

詞在有意思2 項羽，分杯羹給我吧！

作　　者　周姚萍
總 編 輯　龐君豪
執行主編　黃文瓊
封面設計　吳佳臻

出 版 者　五南圖書出版股份有限公司
發 行 人　楊榮川
地　　址：106台北市大安區
　　　　　和平東路二段三三九號四樓
電　　話：〇二－二七〇五五〇六六（代表號）
傳　　真：〇二－二七〇六六一〇〇
郵政劃撥：〇一〇六八八九五－三
網　　址：http://www.wunan.com.tw
電子信箱：wunan@wunan.com.tw

顧　　問　元貞聯合法律事務所　張澤平律師
版　　刷　中華民國一〇〇年十二月初版一刷
定　　價　二三〇元

我抓了你爹。
你要怎麼「處置」他呢？

嗯，煮羹來吃吧！
記得分杯羹給我！

我抓了你爹。
你要怎麼「處置」他呢？